지구를 지키는 사 남매와 오색달팽이의 플로깅 이야기

나는
아름다워질 때까지
걷기로 했다

이 자 경

도서출판 담:다

나는
아름다워질 때까지
걷기로 했다

지구를 지키는 사 남매와 오색달팽이의 플로깅 이야기

아침 햇살을 받아 반짝이는 마늘밭의 풍경을 보며 걷는 산책길 위. "까르르" 소리를 내지르며 킥보드를 탄 아이들이 내 앞을 앞지른다.

어깨까지 내려오는 단발머리를 휘날리며 첫째 지훈이가 내 옆을 빠르게 지나간다. 우렁찬 목소리로 "오빠야"를 외치며 지훈이 옆을 바싹 쫓아가는 둘째 서빈이. 흥얼흥얼 노래를 부르며 혼자만의 속도로 달리는 셋째 유진이는 가던 길을 멈추고, 유모차에 탄 막내 로운이를 기다린다. 자신만의 속도로 킥보드를 타는 아이들은 쓰레기가 보이면 멈춰서 줍기도 하고, 또다시 달리고, 멈추기를 반복한다. 길가에 소담스럽게 핀 제비꽃, 푸릇푸릇하게 자란 마늘밭 사이를 지나는 동안 곤충을 관찰하는 아이들의 모습에 저절로 웃음이 지어진다.

네 아이와 홈스쿨, 시골살이, 그리고 플로깅(plogging).
도시에서 태어나고 자라온 내가 지금의 삶을 상상이나 해본 적이 있었던가?

남편과 만남이 내 삶의 전환점이었다. 운명의 짝을 만나면 한눈에 알아본다더니 남편을 본 순간, 결혼을 예감했다. 사람은 사계절은 만나봐야 한다고 했지만 우리는 여름과 가을을 보내고 한파가 몰려오던 날 결혼식을 올렸다. 성공한 인생을 만들기 위해 돈을 쫓아 주말부부도 마다하지 않았고, 서로의 빈자리는 물건을 채우는 것으로 대신했다. 성공한 인생이란 화려하게 값비싼 물건과 동의어라고 생각했던 우리였다.

올해만 지나면, 아이들이 조금 더 크면, 돈을 많이 벌면 모든 게 해결될 거라고 생각했다. 하지만 시간이 흐른다고 달라지는 것은 없었다. 더 이상은 안 될 것 같았다. 변화를 주고 싶었다. 오지도 않은 미래를 쓸데없이 걱정하고 싶지 않았고, 행복을 최우선으로 삼아 남편과 함께 보내는 시간을 가지고 싶었다. 아이들의 몸과 마음이 건강하고 튼튼하게 자랄 수 있는 곳에서, 자연을 가까이 하는 삶을 살아보고 싶었다. 그러면서 다짐했다.

'새로운 길을 향해 걸어가야겠어!'
'더 이상 꿈만 꾸면서 살지 않겠어!'

우리 가족은 5년 전 도시를 떠나 시골에서 생활하며 텃밭을 가꾸고, 자연과 함께 더불어 살아가는 삶을 누리고 있다. 물건의 굴레에서 벗어나 '시간과 가벼운 삶'이라는 커다란 선물 속에서 생활하는 느낌이다. 고마움에 감사하며 지속 가능한 지구를 위해 습관을 바꾸고, 조금이라도 적게 소유하는 삶의 방식을 지향해나가고 있다.

플로깅.
삶을 되돌아보게 하는 시간이었고,
지구와 이 땅의 모든 생명을 위한 의무였으며,
몸과 마음을 건강하게 하는 과정이었다.

쓰레기를 줍는 과정을 통해 인생의 의미도 새롭게 알게 되었다. 찰나의 부지런함으로 내가 지나가는 길을 바꾸는 것은 내 삶을 바꾸는 일이기도 했다.

"어머니! 빨리 오세요. 하늘소가 있어요."

앞서 달려가던 아이들이 한껏 들뜬 목소리로 나를 부른다. 나무, 바람과 구름. 꽃. 자연과 함께 살아가는 아이들이 세상을 여행하는 동안 고마움과 행복한 마음이 항상 곁에 머물렀으면 좋겠다. 누구보다 자연을 소중히 생각하는 사 남매 지훈, 서빈, 유진, 로운이와 늘 나의 선택을 믿어주고 지지해 주는 남편에게 고마움을 전한다.

오색달팽이

이 자 경

"이삭을 줍는다."라는 뜻의 스웨덴어인 pick upp과 영어 단어 jogging을 합친 말로 조깅을 하며 쓰레기를 줍는 것을 플로깅(plogging)이라고 한다.

목차 Contents

프롤로그 • 5

나는
아름다워질 때까지
걷기로 했다

지구를 지키는
사 남매와 오색달팽이의
플로깅 이야기

Chapter 1

찾아가다

01
—
바다를 사랑하는
가족

깜깜한 밤, 달이 떠오르고 별이 뜬 시간에야 남편은 집으로 돌아왔다. 하루 종일 그 시간만 기다렸다. 현관문을 열고 들어오는 남편에게 "커피 한 잔 마시고 싶어."라고 얘기하면, 남편은 그 길로 차를 몰아 바다가 보이는 커피숍으로 데려가 주었다. 나는 커피의 달콤함보다 큰 창 너머로 보이는 바다가 좋았다. 나는 바다를 사랑했다. 밤바다와 함께 어우러지는 버스킹 공연의 음악 소리를 들으며 아이들과 보낼 내일의 에너지를 충전했다. 바다는 엄마였고, 친구였다.

남편은 꿈을 찾기 위해 서른여섯 살에 퇴사를 했다. 그러고는 부산에서의 생활을 정리하고, 제주의 작은 마을 김녕으로 이사했다. 손끝에 닿을락 말락 하는 푸른 하늘, 구멍이 숭숭 뚫린 검은 돌담, 코끝에 닿는 바다 내음을 맡으며 제주에 온 걸 실감했다. 푸른 잔디가 깔린 넓은 마당, 고기를 구워 먹을 수 있는 근사한 화로가 있는 꿈에 그리던 집이었다.

지난주까지 펜션 간판을 걸고 운영하던 곳으로, 냉장고, 세탁기, 식탁, 소파까지 완벽하게 준비되어 있었다. 택배 열 박스와 차에 실린 식기 도구가 이삿짐의 전부였다. 여행지에서의 하루처럼 집에서도 온전한 휴식을 누리며 지낼 수 있을 것 같았다. 가족 모두 편안한 자세로 둘러앉아 좋아하는 책을 읽고 남편과 함께 차를 마시며 도란도란 이야기를 나누고 싶었던 소박한 꿈을 이룬 것 같았다. 김녕은 마치 우리 가족을 위해 특별히 준비된 곳 같았다.

"어머니~ 바다가 너무 예뻐요."
"사진 찍어서 할머니 할아버지한테도 보내주세요."
"우리만 보기에 너무 아까워요."

김녕의 바다는 황홀한 에메랄드빛이었다. 아이들의 말에 연신 카메라 셔터를 눌렀지만 바다의 아름다움을 온전히 담아내기는 어려웠다. 오래된 휴대폰을 원망하며, 이번 기회에 바꿔야겠다는 생각으로 애꿏은 휴대폰만 만지작거렸다.

매일 제주 바다를 탐험하고 다녔다. 골목 구석구석을 헤집고 다니며 동네 개들과 인사를 나누고, 큰 나무에 달린 그네를 타면서 오랜 시간을 보내기도 했다. 그네 타기가 지겨워질 때쯤 해변을 거닐다가 꽃게를 잡을 수 있는 곳을 발견했는데, 그곳은 우리만의 아지트가 되었다.

꽃게를 잡다가 미끄러지기도 하고, 꽃게 집게에 손가락이 찔리기도 했지만 언제나 웃음이 넘쳐났다.

그렇게 우리는 제주 바다와 추억을 쌓아 나갔다.

나는 아름다워질 때가지 걷기로 했다.

02
___
밧줄을 물고 있는
갈매기

"어머니, 빨리 가요. 밥 먹고 모래 놀이하러 바닷가에 가요."
수저를 놓기가 무섭게 아이들이 합창을 했다.

"넓은 해수욕장으로 갈까? 꽃게 많은 바다로 갈까?"
"넓은 바다요! 오늘은 밤늦게까지 놀다가 와요."
"밥 먹은 거 정리하고 출동할까?"
"와~ 신난다."

어제도 해질 저녁에야 겨우 집으로 돌아왔는데 오늘 또다시
모래놀이를 하고 싶은 모양이었다. 수건과 간식을 유모차에 넉
넉하게 챙겨 해수욕장으로 향했다. 해수욕장은 폐장되어 한적
했다. 에메랄드빛 푸른 바다를 배경으로 잠깐 사진만 찍고 돌
아가는 관광객이 대부분이었다. 아이들이 그곳에 앉아 모래놀
이를 시작했다. 마땅한 모래 놀이 도구가 없었지만 조개껍질과
파도에 떠밀려온 나무토막을 가지고 신나게 놀았다. 모래를 둥
글게 빚어내며 소리를 질러댔다.

나는 아름다워질 때가지 걷기로 했다.

"달콤한 아이스크림 사세요."
"입에서 살살 녹는 아이스크림 팝니다."
"딸기 맛 아이스크림도 있고, 포도 맛 아이스크림도 있어요."
"포도 맛 아이스크림 두 개 주세요."
"얼마예요?"

아이들의 놀이에 귀 기울이며 작은 평화의 시간 속에서 살아
갈 우리 가족의 미래를 그려보고 있었다. 그때였다. 아이들이
다급하게 부르는 목소리가 들려왔다.

"어머니! 저것 좀 보세요. 큰일 났어요. 갈매기가 밧줄을 먹
고 있어요."
"어디?"
"저기 있잖아요. 입에 밧줄 물고 있는 거 보이죠?"
"갈매기가 왜 밧줄을 먹고 있지?"
"어머니, 갈매기가 갯지렁이인 줄 알고 밧줄을 먹고 있나 봐요."

아이의 말에 고개를 들어 주위를 둘러보았다.
잔잔한 해변 구석에 파도가 밀고 온 쓰레기들이 잔뜩 쌓여있
었다.

"저기에 쓰레기 진짜 많아요."
"모래 놀이할 때 구해온 거 전부 파도에 떠밀려온 쓰레기였
어요."

그제야 바다 쓰레기가 눈에 들어오기 시작했다. 덩치 큰 스티로폼과 플라스틱 음료, 각양각색의 밧줄이 보였다. 밧줄을 물고 있는 갈매기를 보니 안타까운 마음을 지울 수 없었다.

"갈매기들이 안 먹었으면 좋겠어요."
"어머니, 우리가 청소하면 어때요?"
"좋은 생각이네. 그럼 내일 우리가 바다 청소해볼까?"
"야호~ 내일이 빨리 왔으면 좋겠다."
"갈매기야! 밧줄 먹지 말고 조금만 기다려. 우리가 구해줄게."

갈매기를 구해주고 싶다는 아이들의 말에 아장아장 걷던 지훈이와 처음으로 쓰레기를 줍던 날의 기억이 떠올랐다. 아이와 함께 했던 길 위에서의 쓰레기 줍기 놀이. 잊고 있었던 기억이 새록새록 되살아나면서 출처를 알 수 없는 사명감 같은 것이 느껴졌다. 무엇이라도 해야 할 것 같은 느낌이었다.

무엇이라도.

03
아이들이 주워온
슬리퍼 한쪽

식탁 옆 큰 창으로 아침 햇살이 들어왔다. 의자를 꺼내어 살며시 앉았다. 돌담 위 질서 없이 뻗은 담쟁이 틈에 잿빛의 직박구리가 앉아있었다. 먹이를 찾는 듯 두리번거리더니 이내 날아가 버렸다. 유난히 높고 파란 하늘, 하얀 구름이 떼를 이루어 움직이는 모습을 지켜보며 혼자만의 아침을 맞이하고 있었다.

'아, 참! 아이들과 바다에 가기로 했었지.'
'이삿짐을 포장할 때 사용했던 큰 비닐이 어딘가에 있을 텐데.'
정리하지 않은 이삿짐을 뒤적거렸다.
투명하고 큼지막한 비닐 두 개를 찾아냈다.
'이걸로 충분하겠지.'

그때, 아이들이 방문을 열고 나왔다.
"어머니, 오늘 바다 청소하러 가기로 한 거 기억하죠?"

"아침 먹고 빨리 가요."

눈곱도 떼지 않은 아이들의 성화에 서둘러 아침을 준비했다.

"아버지, 어제 모래놀이하면서 보니깐 갈매기들이 밧줄을 먹고 있어서 오늘 바다 청소하러 가기로 했어요."

"우리가 깨끗하게 쓰레기 청소하고 올게요."

청소할 생각으로 마음이 들뜬 아이들은 밥을 먹으면서 쉬지 않고 조잘거렸다. 밥 먹는 것 외에는 관심 없는 사람처럼 남편은 숟가락을 크게 한 입 떠 넣으며 말했다.

"그래. 다음에는 같이 가자."

제주의 겨울은 빨리 찾아왔다. 두 돌이 안 된 셋째를 유모차에 앉히고, 간식과 쓰레기 넣을 비닐봉지도 잊지 않고 챙겼다. 잠깐이었는데, 유진이가 잠이 들었다.

"유진이가 잠들었는데 어떻게 하지?"

"괜찮아요. 우리끼리 다녀올게요. 지켜보고 있으세요."

"갈매기야~ 우리가 간다."

"오빠야~ 기다려. 같이 가."

유모차를 백사장에 밀어 넣어보았지만, 바퀴가 움직이지 않았다. 자리에 서서 물끄러미 아이들을 바라보았다. 아이들은 금세 되돌아왔다. 뭐가 그리 신났는지 제 얼굴보다 더 큰 플라스틱 부표를 손에 들고 해맑게 웃고 있었다.

"어머니, 이거 보세요. 저기 바위 뒤에 숨어 있었어요."
"하나 더 있어요. 그리고 플라스틱 바구니도 있어요. 갔다 올
게요."

아이들 모두 신난 모습이었다. 쓰레기 줍기가 아니라 마치
보물찾기를 하는 것처럼 이런저런 쓰레기를 가지고 자랑스럽
게 나타났다. 양식장 표식에 쓰이는 부표, 플라스틱 생수병, 비
닐, 밧줄, 음료 뚜껑, 찌그러진 캔 커피, 라이터, 빨대, 쓰레기
가 생각했던 것보다 많았다. 그 순간 쓰레기 속의 검은 슬리퍼
한 짝이 눈에 들어왔다.

9살의 여름방학, 동해 어느 바닷가에 여행을 갔었다. 꽃무
늬 수영복을 한껏 차려 입고 가족들과 함께 물놀이를 했다. 코
와 입으로 바다의 짠맛을 확인하며 높은 파도에 몸을 맡겼고,
태양의 뜨거움이 식어갈 무렵 물 밖으로 나왔다. 바다에 두 발
목을 담근 채 오빠와 나란히 바닷가를 걸으며 이야기꽃을 피웠
다. 간질간질 파도가 발등을 간지럽히는가 싶더니, 이내 슬리
퍼 한 짝을 물속으로 가져가 버렸다. 잡으려고 손을 뻗었다. 닿
을 듯 말 듯 손에 잡히지 않았다.
'잡아야 하는데… 잡아야 하는데… 왜 안 잡히지?'

슬리퍼를 잡기 위해 손을 뻗으며 바다로 들어가고 있을 때,
멀리서 내 이름을 부르는 소리가 들렸다. 그 소리에 놀라 뒤를
돌아보았다. 백사장에서 엄마와 오빠가 나를 다급하게 부르고

있었다. 백사장이 까마득해 보였다. 눈앞의 보이는 슬리퍼는 약을 올리는 것처럼 파도를 따라 왔다 갔다 계속 손짓하고 있었다. 하지만 고개를 돌렸다. 슬리퍼를 두고 다시 걸어 나오는 동안, '슬리퍼를 잃어버려 혼나지 않을까'라는 걱정보다 멀리 들어왔다는 생각에 두려움이 먼저 밀려들었다. 나도 모르게 울음이 터져 나왔다. 엄마와 오빠는 내 이름을 수십 번 불렀다고 했다. 엄마에게 돌아왔을 때는 토끼 눈이 되어있었다.

"안 다쳐서 다행이다. 잃어버린 슬리퍼는 다시 사면 되니깐 괜찮아."

엄마는 모든 걱정을 한꺼번에 날려주는 말과 함께 나를 꼬옥 안아주었다.

'짝을 잃어버린 그 슬리퍼는 어떻게 되었을까?'

'바다 어딘가를 둥둥 떠다니며 나를 찾아 헤매고 있지 않을까?'

아이들이 주워온 슬리퍼 한 짝이 잊고 지냈던 추억 속으로 나를 이끌었다. 아이들이 주워온 슬리퍼 한 짝. 이것도 처음부터 쓰레기는 아니었을 것이다. 누군가가 사용했던, 주인이 있었던 물건이었을 것이다.

우리는 한동안 주인이었던 물건이 눈앞에서 사라져 버린 이후 어떻게 되었는지 관심조차 없이 살아간다. 쓰레기차가 지나가면 거기서 끝이라고 생각한다. 하지만 놓치거나 버린 쓰레기가 태평양 한가운데에서 발견되어 또 다른 동물의 먹이가 될수 있다는 생각을 하니 마음이 아찔했다.

　아무 상관 없는 일처럼 살아온 것에 대한 놀라움과 죄책감이 밀려왔다. 이대로는 안 될 것 같았다. 그렇지만 어디서부터, 무엇을 해야 할지 막막한 것도 사실이었다.

04
—
갈매기가
남기고 간 선물

"아버지, 어제 바다 청소를 했는데 쓰레기가 정말 많았어요."
"그래? 어떤 쓰레기가 있었어?"
"커다란 노란 플라스틱 바구니랑 플라스틱병, 비닐... 또...."
"밧줄이 많았어요."
"맞아요. 밧줄이 너무 많이 있었어요."
"비닐이 컸는데도 쓰레기가 너무 많아 전부 청소 못 했어요."
"오늘 또 가면 안 돼요?"

아침밥을 먹으며 어제 있었던 일을 남편에게 이야기했다. 같이 가자는 아이들의 요청에도 남편은 계속 밥만 먹었다. 부쩍 추워진 날씨 때문에 어린 유진이가 걱정되었지만, 즐겁게 쓰레기를 줍는 아이들을 보니 응원해 주고 싶다는 생각이 들었다. 어떤 결정을 할 때마다 한결같은 마음으로 나를 믿어준 엄마가 생각난 것은 그때였다. 엄마는 언제나 나를 응원하고 믿어주었다. 그런 엄마 덕분에 해 보고 싶은 일이 있으면 행동으로 옮길 수 있는 사람이 되었다고 생각한다. 나도 아이들에게 그런 모습을 보여주고 싶었다.

"여보, 오늘 쉬는 날이죠? 같이 갈 수 있어요?"
"밧줄 모아 놓으니깐 너무 무거워 모래밭에 질질 끌고 가서
버렸는데 오늘은 여보가 있으면 좋을 것 같아요."
"아버지, 같이 가요. 네?"
"아버지~"
아이들의 성화에 남편은 마지못해 대답하더니 이내 고개를
돌려 젓가락질을 했다.

제주의 하늘은 여전히 맑고 푸르렀다.
"안녕~ 갈매기야 우리가 또 왔어."
"우리가 널 지켜줄게."
"출발~"

세 아이와 함께 모래밭으로 뛰어들었다. 가늘고 흰 모래 덕
분에 김녕의 바다는 유난히 푸른빛을 내고 있었다. 하지만 그
런 우리와 달리 남편은 먼발치에서 휴대폰만 만지작거렸다. 누
가 많이, 많이 줍나! 아이들은 내기를 하듯 쓰레기를 찾아다녔
다. 그러고는 재활용 분리수거 가방과 큼직한 비닐에 쓰레기를
담았다. 플라스틱 병뚜껑, 일회용 플라스틱병, 담배꽁초, 작은
플라스틱 조각까지. 밧줄은 여전히 많았다.

바위틈에 끼인 줄을 아이들이 잡아당기기 시작했다. 포기라

는 것을 모르는 아이들이 계속해서 줄을 잡아당겼다.

"오빠야. 더 당겨봐."
"바위에 끼인 거 같은데?"
"더 힘내보자. 이얍."
둘이 제법 힘껏 당겼더니 밧줄이 툭! 하고 바위에서 빠져나
왔다.
"우리가 해냈다."
"야호!"

가져갔던 분리수거 가방은 순식간에 가득 찼다. 하지만 남편
은 그때까지도 계속 휴대폰만 만지작거리고 있었다. 큰 목소리
로 손짓하며 남편에게 도움을 요청했다.

"많이 주웠네."

가방을 흘깃 본 남편의 영혼 없는 말에도 불구하고 아이들은
너무 행복해했다.
"아버지, 우리가 청소해서 갈매기를 지켜줄 수 있어 너무 뿌
듯해요."
"오빠야, 이것 봐. 갈매기가 고맙다고 우리한테 선물 준거
야."
"갈매기 깃털이네?"
"응. 아까 청소하다가 주웠어."

"갈매기야! 깃털 선물로 줘서 고마워."

서빈이가 깃털을 만지작거리며 환하게 웃었다. 활짝 웃는 서빈이의 모습에 쓰레기 줍는 동안 잠시 주춤거렸던 내 모습이 떠올라 미안했다.

'서빈아, 고마워.'

때마침 쓰레기를 버리고 돌아온 남편에게 아이늘이 졸라대기 시작했다.

"아버지? 내일은 다른 곳에 가서 청소하면 안 될까요?"

"……"

"아버지? 듣고 있어요?"

"들었어요?"

"……"

시작할 때는 아무도 모릅니다.
오직 행동하는 과정에서만
명료해질 뿐입니다.

– 마크 저커버그 –

"쓰레기 바다예요. 어머니~"
"우와~ 근데 생각보다 쓰레기가 많이 없네?"
"그건, 바다동물들이 벌써 다 먹어서 그래요.
그래서 바다동물들도 많이 멸종되었어요."

"아!"

한참 동안 말없이 서로의 눈빛만 바라보았다.
지훈이가 웃으며 말을 건넸다.

"그러니깐 우리가 매일매일 더 열심히 청소해야 해요."
"그래. 내일도 지구를 지키러 출동하자."

05
쓰레기
골인시키기 놀이

10년 전 어느 날이었다. 결혼 한 지 1년이 채 되지 않았을 때, 남편은 주말부부를 선언하고 경기도 수원으로 일터를 옮겼다. 금요일 근무를 마치면 KTX 열차를 타고 부산으로 내려왔고, 월요일 새벽 첫 기차를 타고 수원으로 달려갔다. 육아를 맡은 나는 나대로, 남편은 남편대로 다람쥐 쳇바퀴 돌듯 반복되는 일상에 지쳐가고 있었다.

'이런 삶을 원한 게 아니었는데!'
'아이에게 아빠의 존재는 무엇일까?'

걸음마를 시작한 지훈이는 가끔 아빠를 찾기는 했지만 거의 잊고 지냈다. 아장아장 걷기 시작한 지훈이와 아파트 주변을 산책하면서 보내는 날이 대부분이었다. 새하얀 눈처럼 쌓인 벚꽃을 밟으며 놀이동산 그림이 그려진 벽화거리를 수시로 걸었다. '지훈이 눈에는 세상 모든 것이 얼마나 신기할까?'
넘어질 듯 말 듯 하며 걷던 지훈이가 바닥에 떨어진 벚꽃 더

미로 손을 내밀더니, 갑자기 뽀로로가 그려진 과자 상자를 찾아 집어 들었다.

"지지, 더러워. 손 털자."

주운 과자상자를 받아 주변에 휴지통이 없는지 살펴보았다. 버스 정류장 앞에 둥글고 커다란 휴지통이 앞뒤로 제 몸을 흔들고 있었다. 지훈이 걸음으로 얼마나 걸었을까? 드디어 휴지통 앞에 도착했다. 휴지통 옆 정류장 벤치에는 먹다가 남긴 테이크아웃 플라스틱 컵, 삼각 김밥 포장 비닐, 아이스크림 껍질 등이 아무렇게나 버려져있었다. 바로 옆에 큰 휴지통이 있음에도 불구하고.

아파트 분리수거장에 쓰레기를 버리러 갔다가 분리수거함 주변에 떨어져 있던 쓰레기를 치우는 날이 많았다. 쓰레기를 버리러 갔다가 오히려 그곳을 청소한 셈인데, 휴지통 주위가 다른 곳보다 더 지저분한 것을 보며 '깨진 유리창의 법칙'을 실감했다. 지훈이와 매일 산책하며 지나다니는 곳이라 이곳만큼은 깨끗하게 청소하고 싶다는 마음이 생겨났다.

"지훈이가 이거 넣어볼까? 휴지통에 골인시켜 넣는 거야. 알았지?"
"하나, 둘, 셋."
"아, 아쉽다. 다시 해 볼래?"

"하나, 둘, 셋."

아직 걸음마도 쉽지 않았던 지훈이가 휴지통에 과자상자를
넣기 위해 서너 번 넘어졌다가 일어섰다가를 반복했다.
"다시 해볼까? 하나, 둘, 셋."
"와~ 골인! 짝짝짝."

우리의 첫 쓰레기 줍기는 아주 사소하게 시작되었다. 놀이터
에서, 장미가 많이 피어있는 공원에서, 자주 그리고 가끔 쓰레
기 줍기 놀이를 했다. 길거리의 쓰레기를 청소하는 것은 환경미
화원이 하는 일이라고 생각했었는데, 어느새 아이와 함께 할 수
있는 재미있는 놀이가 되었다. 오로지 놀이를 위한 '쓰레기 줍
기'였다. 그렇게 우리는 산책을 하고, 우리만의 놀이로 남편의
빈자리를 채우고 있었다. 하지만 마음 한구석은 늘 허전했다.
'남편도 공원에 함께 오면 좋을 텐데…… 주말에 다시 와야
겠다.'

골든 하트, 알골드, 핑크 피스 등 이름도 다양하고 색깔도 가
지각색인 장미공원에서 오랜만에 세 식구가 주말 오후를 보냈
다. 인조 잔디가 깔린 작은 축구장에서 남편과 지훈이는 공을
주거니 받거니 하며 공차기를 했다. 따사로운 태양이 내리쬐는
벤치에 앉아 커피를 마시는데, 일주일동안 쌓였던 피로가 한꺼
번에 사라지는 기분이었다.

'이렇게 세 식구가 함께 지내면 얼마나 좋을까?'

공놀이가 지겨워졌는지 지훈이는 금세 축구장에서 나와 작은 연못으로 향했다. 그때, 지훈이는 거리낌 없이 땅에 떨어진 비닐을 주웠다.

"지지. 버려. 떨어진 거 줍지 마."

단호하고 큰소리로 남편이 말했다.
"산책할 때 휴지 주워서 쓰레기통에 골인시키는 놀이를 했는데, 지훈이가 그게 생각났나 봐."
남편 없는 우리의 일상에 대해 이야기해 주었지만 남편은 도무지 이해가 안 되는 얼굴이었다.
"더러우니깐 이제부터는 줍지 마!"

월요일이면 남편은 수원으로 돌아갈 것이고, 우리의 생활을 알 수 없을 것이다. 다른 사람이 버린 쓰레기를 줍는 모습을 불편해하는 남편과 다투고 싶지 않았다. 왜 쓰레기를 주우면 안 되는지 따지거나 묻지도 않았다. 그렇게 남편과 함께 있는 동안 쓰레기를 지나치면서 쓰레기 골인시키는 놀이는 조금씩 기억에서 사라져가고 있었다. 그저 추억의 한 조각으로 남게 될 거라 생각했다.

나는 아름다워질 때가지 걷기로 했다.

우리 가족은 6명이니까

매일 쓰레기 하나씩만 주워도 6개

일주일 주우면 42개

한 달을 주우면 180개

일 년을 주우면 2,190개

저축하듯이 쓰레기도 매일 부지런히 주워보자

06
___

나답게
살아가는 힘,
제주

오랜 친구처럼 언제나 그 자리에 서있는 한라산이 나를 보고 손짓하는 듯했다. 30개월 된 유진이가 걱정이었지만, 한라산에 오르고 싶다는 간절한 열망을 포기할 수 없었다.

"여보~ 아이들이랑 우리 한라산 등반해보면 어떨까? 여보가 유진이만 안고 올라가면 나도 한라산 한번 올라가 보고 싶어."
"갈 수 있겠어? 그럼 내가 유진이 안고 올라갈게."
어쩐 일인지 남편이 선뜻 동의를 했다. 연애 시절 딱 한 번의 등산이 처음이자 마지막이었고, 결혼 이후 남편과 등산을 해본 적이 없었다. 그런 남편의 마음이 바뀌기 전에 한라산에 오르기로 했다.

연애시절 부산에 있는 금정산을 함께 올랐던 남편의 모습이 떠올랐다. 남편은 전날 친구들과 술자리로 숙취가 덜 풀린 채 사력을 다해 금정산에 올랐다. 그리 높은 산이 아니었음에도 불구하고 가뿐하게 오른 나와 달리 남편의 숨소리는 가빴고,

온몸은 땀으로 젖어 있었다. 그런 남편이 아이들과 함께 한라산 등산에 도전하겠다는 말에 서둘러 준비를 끝냈다.

　제주도에서 보내는 우리만의 설날이었다. 동틀 무렵 태양의 붉은빛을 받으며 우리는 한라산을 오르고 있었다. 폭설로 한라산은 눈으로 확인하기 어려웠고, 주변은 자욱한 안개로 가득했다. 남편은 행여 비가 오는 건 아닐까, 걱정하는 눈치였다. 능선과 계곡 골짜기가 병풍처럼 서 있는 병풍바위와 자욱한 안개가 바위를 타고 흘러가는 모습을 보는데, 수시로 감탄이 터져 나왔다. 어디가 시작이고 끝인지 알 수 없는 계단을 오르며 한 발씩 내디뎠다. 마치 하늘로 뻗은 만리장성 같았다. 얼마쯤 왔는지, 어느 정도 더 가야 하는지 알 수 없었지만, 유진이의 손을 잡고 천천히 계단을 올랐다.

　"어머니, 힘들어요."
　"좀 쉬다 갈까?"
　"힘들어요. 다리 아파요."
　"너무 힘들면 되돌아가도 괜찮아. 다음에 다시 도전할 수 있으니까 무리하지 않아도 돼."
　"다리만 아픈 거예요. 포기 안 해요."

　계획한 대로 살아지지 않을 수 있다는 것, 포기하고 실패하는 것이 결코 이상한 일이 아니라는 것을 아이들은 알까. 가끔 아이들의 호흡이 가빠질 때면 배낭에서 꺼낸 간식으로 에너지

　　나는 아름다워질 때가지 걷기로 했다.

를 충전하며 혼자 생각에 빠지곤 했다.

"너희들 진짜 대단하다. 여기까지 어떻게 올라왔어?"
"이제 거의 다 올라왔으니깐 힘내! 파이팅!"

같은 방향을 바라보고 오르는 사람들과 하산하는 사람들이
한마음으로 아이들에게 응원의 메시지를 보내주었다. 그 모습
에 힘입은 아이들은 한 걸음씩 정상을 향해 나아갔다. 간혹 쓰
레기가 보일 때에는 잠시 쉬어 줍기도 하면서 계속 올라갔다.
저 멀리 웅장하게 솟은 한라산 백록담이 보였다. 강풍을 타고
몰려왔다가 밀려가는 구름떼를 보니 마음이 바빠졌다. 두 시간
이면 오를 수 있다고 했던 한라산 정상에 네 시간을 훌쩍 넘겨
도착했다. 곧 하산해야 한다는 방송이 들려왔고 서둘러 배낭
속에서 점심을 꺼내 먹었다.

더 늦기 전에 내려가야 했다. 유진이는 더 이상 걸을 수 없다
고 말하면서 남편에게 안기기도 하고, 혼자 걷기도 하고, 가끔
쉬어 노래를 부르기도 하면서 잘 따라와 주었다. 하산하는 사
람이 주머니에 넣어둔 초콜릿과 사탕을 유진이에게 건네주기
도 했다. 올라가는 사람, 내려오는 사람이 없는 길에서는 가만
히 유진이를 기다려 주었다. 동생을 기다리며 응원가를 불러주
는, 일상에서 미처 배우지 못했던 기다림의 시간을 함께 배우
는 시간이었다.

가끔 사람들은 나에게 '엄마의 삶을 살아야 한다.'라고 충고해 준다.

"아이들이랑 매일 함께하면 엄마 시간은 없잖아요."

"꿈이 있을 건데, 자기 계발은 언제 해요?"

"일하고 싶지 않아요?"

나에게 아이들을 돌보는 일은 무엇보다 소중하고 값진 일이다. 가족과 함께 시간을 보내며 마음을 단단하게 만드는 시간이 행복하다. 아이들과 함께 산에 오르고, 바다에 머물면서 '나를 위한 평화의 시간'을 가질 수 있다는 것에 감사한다. 다시 내려와야 하는 길을 올라가고, 보이지 않는 길을 걸어가는 것이 인생 아닐까? 우연히 떠나온 한라산 등산길에서 난생처음 '순례자의 마음'을 떠올렸다.

내가 먹은 음식이 내가 되고,

내가 하는 말이 나를 나타내고,

내가 걸어온 길이 곧 나의 삶이 된다.

07
아부오름에서도
계속된
보물찾기

등산을 좋아하시는 아버지는 주말마다 산에 가셨다. 차려입은 등산복, 등산 장비는 아버지를 더욱 빛나게 했다. 함께 산에 오른 적은 없지만, 아버지의 모습을 보고 자라서인지 나는 산에 오르는 것을 좋아했다. 위엄 있게 선 바위, 낮게 핀 꽃, 웅장한 나무, 산새들이 서로 어우러져 살아가는 모습은 나를 매료시키기에 충분했다. 산을 떠올리면 말 없는 아버지의 듬직한 모습이 생각났다.

집 안의 공기보다 바깥공기가 더 따스했던 겨울날. 집에서 가까운 아부오름에 올랐다. 주차장에 도착하니 소나기가 내리고 있었다. 일기예보에는 분명 '맑음'이었는데 갑작스러운 소나기라니. 변화무쌍한 제주의 날씨에 적응하기란 쉽지 않았다. 아이들은 고삐 풀린 채 풀을 뜯고 있는 소를 발견하고는 신기함에 소리를 질러댔다. 아이들 소리에 놀란 소들이 서둘러 큰 나무 아래로 숨어들었다. 우리는 흙을 밟고 풀냄새를 맡으며 걷기 시작했다. 억새는 겨울바람의 장단에 맞추어 하늘하늘 춤을 추었다. 유진이의 걸음에 맞춰 한 걸음, 한 걸음 걷다 보니 자연스럽게 속도는 늦춰졌다. 낮은 능선을 따라 올라가면서 제주의 풍경을 눈에 담았다. 김녕 바닷가에는 풍력 발전기가 돌아가고 있었다. 어렴풋이 우리 집도 보이는 것 같았다. 멀리 수평선을 보자 한 번도 느껴보지 못한 감정들이 솟아올랐다. 바쁘게 돌아가는 일상에 지쳐있던 남편과 나에게 마치 "쉬어가도 돼. 괜찮아. 괜찮아."라고 말을 건네는 것 같았다. 잔잔한 행복이 벅차올라 나도 모르게 눈물이 흘렀다. 그때였다. 빗물과 뒤엉킨 눈물의 흔적을 훔치고 있을 때 유진이가 뭔가를 가리키며 말을 건넸다.

"여기."

유진이의 손이 닿은 곳에는 작은 사탕껍질이 있었다. 어제 쓰레기를 주웠던 기억 때문인지, 눈에 띄었던 모양이었다. 얼른 주워 어깨에 걸친 가방에 담았다. 유진이를 보며 웃어주었다.

'기특하네.'

양옆으로 나무들이 우거진 흙길을 거쳐, 소나무로 가득한 숲을 지나니 정상이었다.

"여기."

유진이가 또 뭔가를 가리켰다. 이번에는 생수병이었다.

'이걸 어쩌나. 손으로 주워도 될까?'

'소똥 묻은 건 아니겠지.'

잠시 생수병을 훑어보고는 얼른 집어 들었다.

"여기."

사탕껍질, 껌 종이, 초콜릿 비닐, 물티슈까지 유진이는 작은 쓰레기를 잘 찾아냈다. 이에 질세라 지훈이와 서빈이까지 누가 먼저랄 것도 없이 쓰레기 찾기 놀이를 시작했다.

"여기 쓰레기 찾았어요."

"여기도 있어요."

온 가족이 함께하는 기쁨 속에서, 우리의 보물 찾기는 아부 오름에서도 계속되었다.

오색달팽이 비치코밍(BEACHCOMBING) 이야기

'비치코밍'이란 해변(beach)을 비질(combing)하듯, 바다 표류물이나 쓰레기를 주워 모으는 행위를 말해요. 주워 모은 물건들을 재활용해 작품을 만들면서 재미를 느끼고 환경 보호 활동도 할 수 있어요.

우리 가족 비치코밍의 시작은 제주도 김녕 바닷가였어요.
바닷가에서 발견되는 쓰레기들은 일반 쓰레기랑 달라요. 우리가 먹고, 마시는 데에서 발생하는 일반적인 쓰레기가 아닌 대형 쓰레기, 산업 쓰레기, 어업용 폐기물 등 규모가 남달라요.

제가 가 본 바다는 태풍이 몰아친 이후, 먼바다에서 떠밀려온 쓰레기로 몸살을 앓고 있었어요. 그래서 우리는 바닷가에 갈 때마다 100리터짜리 종량제 봉투와 매립이 가능한 마대자루를 준비해 갔어요. 작은 쓰레기들은 종량제 봉투에 담고, 대형 쓰레기들은 한곳에 모아 해변 쓰레기장에 버렸어요. 간혹, 해변 쓰레기장이 없는 경우에는 바닷가 한곳에 모아둔 후, 시청 환경과나 청소과에 전화해 수거 요청을 하기도 했어요.

바다와 모래사장에는 오랜 시간에 걸쳐 만들어진 유리 조각(sea glass) 잔해를 쉽게 찾아볼 수 있어요. 이 유리 조각은 버려진 음료수병, 술병의 깨진 조각이에요. 이런 유리 조각을 이용해서 모빌과 액자 같은 작품도 만들 수 있어요. 주워온 쓰레

기로 아이들은 세상에서 하나밖에 없는 나만의 작품을 만들 수
도 있어요.

바다를 청소하면서 뿌듯함도 느끼고, 작품을 만들고, 재미까
지 느낄 수 있는, 비치코밍. 안 할 이유가 없겠죠?

나는 아름다워질 때가지 걷기로 했다.

인생이 바뀐 밤

소유로부터 해방

행복을 쓰는 가계부

나눔이 불러온 기적

비울수록 선명해지는 꿈

오색달팽이 미니멀 라이프(minimal life) 이야기

Chapter 2

돌아보다

01
—
인생이 바뀐
밤

남편의 귀가 시간은 항상 늦었다. 아이들을 재우고 난 뒤 남편이 돌아왔을 때, 겨우 저녁을 먹을 수 있었다. 하지만 그것마저 귀찮아 배달 음식을 시켜 먹는 날이 많았다. 회사에서 저녁을 먹었는데 허전하다는 남편과 치킨 한 마리를 시켜 식탁에 앉았다.

"여보, 오늘 회사에서 힘들지 않았어?"
"그냥 그랬어."
"그냥이 뭐야?"
"다 힘들지. 여보는 회사 생활 안 해봐서 모를 거야."
돌아오는 남편의 대답에 가슴이 먹먹했다. 더 이상의 대화는 없었다. 입안에서 치킨이 오물거리는 소리만 들릴 뿐이었다. 남편은 표정이 없었고, 웃음도 없었다.

'연애할 때 만났던 사람이 과연 저 사람이 맞을까?'

이리저리 쳐다보고 생각해 보았지만, 무엇이 우리를 이렇게 낯설게 만들어 버렸는지 알 수 없었다. 마주 앉은 시간은 고작해야 두.세 시간뿐인데, 우리 사이를 큰 벽이 가로막고 있는 느낌이었다. 신혼 때부터 주말부부로 보낸 시간이 길었던 탓일까? 나는 남편을 잘 알지 못했고, 그럴수록 남편과 대화가 절실하다는 생각이 들었다.

"여보~"
"……"
"여보? 잠들었어?"
"내일 이야기해. 너무 피곤해."

기약 없는 내일의 반복이었다. 우리는 조각이 맞지 않는 퍼즐 같았다. 어린아이들은 엄마만 찾았고, 나는 지쳐있었다. 시시때때로 밀려드는 외로움의 늪 속으로 점점 빨려 들어가는 기분이었다.

'내가 원했던 결혼 생활은 이게 아닌데...'
'왜 나만 이렇게 힘들어야 하지? 왜 나만 힘들어야 해?'

혼자 소리 없는 외침을 이어가던 날, 일찍 퇴근한 남편에게 아이들을 맡기고 오랜만에 친구를 만났다. 오랜 수다를 떨며 그동안의 스트레스를 풀었다. 나는 홀로 아이들을 돌보는 육아의 어려움과 외로움을 이야기했고, 퇴근길에 마주 앉은 친구는 회사 생활의 어려움을 토로했다.

"남편은 회사 생활 힘들다고 안 해?"
친구가 물어왔다.
"그런 말 안 하던데."
"남편이 말 안 해서 그렇지, 남자들 회사 생활하기 진짜 힘들어. 오늘도 직원들 다 있는데 부장님이 과장한테 서류 던지며 입에 담지도 못할 말을 하는데, 내가 다 부끄럽고 미안하더라. 어휴~ 내 남편이었으면 당장 회사 그만두라고 했을 거야."

친구의 말에 '정말 그렇게까지 할까?' 혼자 생각했다. 집으로 돌아와 슬쩍 남편에게 물어보았다.

"여보, 혹시 회사에서 욕 들어 본 적 있어?"
"많지."
"그래? 그런데 왜 나한테 한 번도 그런 말 안 했어?"
"좋은 이야기도 아니고, 그런 말 들을 때마다 말할 수도 없잖아. 나만 그런 것도 아니고 대한민국 남자들 다 그런 일 겪을걸."

남편의 대답에 한동안 정신을 차릴 수 없었다. 지금껏 최선을 다해 남편을 이해하고 있다고 생각했었는데 그게 아니었다. 사회생활의 어려움, 남편의 마음까지는 돌볼 여유가 없었다는 사실에 미안함이 밀려왔다. 혼자 아이들을 챙기는 일이 힘들다고 투정 부리기 바빴던 내 모습이 떠올랐다. 그동안 남편을 원

망하고 미워했던 감정이 부끄러워지면서 눈물이 걷잡을 수 없이 솟아올랐다.

'남편에게도 꿈이 있을 텐데'

가족을 위해 자신의 꿈을 포기하면서 살아가는 남편이 안쓰럽고 가엾게 느껴졌다. 나는 남편을 사랑했다. 내가 선택한 사람이었다. 남편을 응원해주고 싶다는 마음과 함께 나의 선택을 후회하지 않기 위해 달라져야겠다는 생각이 들었다. 지금까지의 삶을 버리고, 앞으로는 다른 방식으로 살아가겠다고 다짐했다.

소유로부터
해방

빛나는 조명과 활기찬 음악이 들리면 나는 무방비 상태에서 지갑을 열었다. 부드러운 가죽으로 만든 고가의 가방을 면장갑을 끼고 조심스럽게 꺼내는 분위기, 조명보다 더 화려하게 반짝이는 가방을 조심스레 받아들었다.

'이 가방이 나를 더 멋진 사람으로 보이게 만들겠지!'

'다른 사람의 관심이 나에게 쏟아지겠지'

"이걸로 할게요."

"죄송합니다. 이건 내국인 한도 초과되는 상품이어서 국내에서는 구매가 안 됩니다."

신분 상승을 했다가 갑자기 아래로 추락하는 느낌이었다. 순식간에 쇼핑할 기분이 사라졌다. 하지만 가족들에게 줄 선물, 남편에게 필요한 물건을 사는 동안 카드를 바쁘게 긁어대며 울적한 기분을 달래었다. 현실 감각을 잃어버리기에 면세점은 충분히 유혹적인 공간이었다.

신혼여행지에서 면세점에서 놓친 가방을 샀다. 원하던 가방을 갖게 되는 순간, 완벽한 신혼여행이 된 것 같은 착각이 들었다. 조금 더 괜찮은 사람이 된 것 같은 기분마저 들었다. 어느새, 휴식을 즐기고 남편과 추억을 쌓는 것보다 쇼핑을 위한 여행이 되어가고 있었다. 솔직하게 고백하자면, 나는 쇼핑이 여행이 가져다주는 휴식과 추억보다 더 중요한 사람이었다.

결혼 후에도 별반 다르지 않았다. 나의 월급과 남편의 월급이 합쳐지면서 더 많은 돈을 가졌다는 생각을 했고, 씀씀이는 바뀌지 않았다. 옷장 안에는 옷과 가방이 넘쳐났지만, 하루가 멀다 하고 백화점 쇼핑은 계속되었다. 그러다가 육아로 인해 휴직하게 되었다. 남편의 월급만으로는 생활비도 빠듯한데 늘어나는 카드 값을 보니 단호한 조치가 필요해 보였다. 계속 이렇게 쫓기듯 살 수 없었다.

호세 무히카(전, 우루과이 대통령)는 무언가를 살 때 그것은 돈으로 사는 것이 아니라 그 돈을 벌기 위해서 쓴 시간으로 사는 것이라고 얘기했다. 책 귀퉁이에 쓰인 글귀가 한동안 머릿속에서 떠나지 않았다. 내가 먹고, 나를 빛나게 하는 물건을 사기 위해 남편의 시간을 사용하고 있었다는 사실에 미안한 마음과 안쓰러운 마음이 교차했다. 더 이상 남편의 시간을 담보로 물건을 사는 사람이 되고 싶지 않았다.

'물건들로부터 벗어나자.'

나는 아름다워질 때가지 걷기로 했다.

우선 지금의 나에게 필요한 것이 무엇인지, 없어도 좋을 것이 무엇인지 살펴보았다. 언젠가는 읽게 될 거라며 장식처럼 꽂아 둔 책, 기저귀를 넣어 다니는 고가의 가방, '살 빼면 입어야지'하고 하고 넣어둔 옷, 친구 따라갔다가 얼떨결에 수강해서 배웠던 취미용품 등 집안에서 자리만 차지하고 잠만 자는 물건을 찾아내어 새 주인에게 보내주었다. 예물도 예외가 될 수 없었다. 커플링만 남겨두고 정리했다. 사용하지 않는 물건은 중고 마켓을 이용해 판매하기 시작했다. 보다 빠른 정리를 위해 다른 사람들이 판매하는 금액보다 낮은 금액을 책정해 팔았다. 하지만 어느 순간 중고 거래를 위해 너무 많은 시간과 에너지를 소비하고 있다는 사실을 알게 되었다. 약속을 정하고, 가격을 조정하는 일이 스트레스가 되어가고 있었다.

'애초에 물건을 사지 않았으면 좋았을 텐데'

물건과 돈, 시간마저도 함부로 낭비했던 지난날 내 모습이 한없이 부끄럽게 느껴졌다. 꼭 필요하다고 여겨 구매했던 물건이지만, 필요성을 느끼지 못해 하나씩 정리하는 동안 적은 돈이 모였다. 덕분에 통장 잔고에 몇 달 치의 생활비가 만들어졌다. 그때부터 가계부를 쓰기 시작했다. 어릴 적 용돈을 받아 백 원, 이백 원 적었던 용돈기입장이 새록새록 떠올랐다.

사용하지 못하는 냄비, 중고 서점에서 받아주지 않는 오래된 서적, 찢어지거나 작아진 옷은 따로 모아 고물상으로 가져갔다. 우유갑과 다 쓴 건전지는 주민 센터에서 두루마리 휴지와 새 건전지로 교환했다. 친정 부모님께서는 처음 보는 딸의 모습을 신기하게 바라보았다. 하지만 너무 달라진 나를 두고 걱정스러운 말씀도 아끼지 않으셨다. 돈을 물처럼 펑펑 쓰던 내가 몇백 원을 벌기 위해 중고 거래를 하고, 고물상에 가다니, 스스로 놀랍기도 하고, 대견하기도 했다. 그렇게 얼마 동안 물건을 계속 줄이니, 나중에는 꼭 필요한 것만 남았다.

물건을 줄인 후, 앞으로의 인생은 내 마음대로 살 수 있겠다는 해방감이 느껴졌다. 타인의 시선을 의식하며 살아가던 삶이 좋아하는 것들로 채워가는 삶으로 변화하고 있었다. 과도한 소유가 우리에게 행복을 선물하지 않는다는 것도 알게 되었다. 앞이 보이지 않고 많은 것이 불분명했던 삶에 희망의 빛이 살포시 내려앉고 있었다.

더할 나위 없이 행복했다.

03

행복을 쓰는 가계부

'가계부 적는다고 뭐가 달라지겠어?'
'나도 가계부 쓰는 알뜰한 여자야.'

공존하는 두 가지 마음을 어르고 달래며 한 달 동안 가계부를 썼다. 한 달이 되던 날, 처음으로 가계부를 정리하며 수입과 지출을 정산해 보았다. 뭔가 잘못되어도 한참 잘못된 것 같았다. 더 이상 고가의 가방을 사지 않았고, 아이들 옷도 물려받아 입히는데 가계부는 구멍이 나 있었다. 충격이었다. 하지만 그래도 기록하는 것을 포기하지 않았다. 매일 기록하고, 매월 말일에 정산하는 일을 멈추지 않았다. 몇 만 원 정도의 오차가 보였지만, 크게 신경 쓰지 않았다.

가계부를 쓰기 시작하면서 넣고 있던 적금을 해약해 남은 카드 할부금을 전부 갚아버렸다. 할인받기 위해 억지로 실적을 채우며 사용하던 카드도 잘라버렸다. 가슴 속이 후련해지는 기분이었다. 매달 빚쟁이들한테 시달리는 느낌이었는데, 카드를

잘라버리니 보이지 않던 수갑을 벗어 던진 기분이었다. 그런
다음, 앞으로는 현금으로만 생활하겠다고 결심했다. 일정 금액
의 적금을 먼저 넣은 다음, 정해진 생활비로 장을 보았다. 그렇
게 한 달을 보낸 후, 정산한 내용을 냉장고에 붙여두었다.

"지난달보다 적금 금액이 더 늘었네?"
"여보도 보고 있었구나! 아이들이랑 산책하러 나가면서 편의
점에 가서 우유도 한 개씩 사주고, 야식도 자주 먹었잖아. 계획
에 없던 소비를 조금 줄이니깐 변동 지출이 많이 줄어들었어.
그래서 적금을 하나 더 넣었지."
"그래. 그럼 조금 더 줄여서 적금 하나 더 넣어봐."
"뭐라고? 지금도 많이 줄인 건데…… 월급 좀 더 받아올 순
없을까?"

크게 관심 없던 남편이었지만 점점 줄어드는 지출과 늘어나
는 저축 금액을 보며 만족해하는 모습이었다. 가계부 쓰기는 1
년 이상 계속되었다. 지금까지 돈을 지출하는 재미만 느끼며
살았는데, 가계부를 쓰면서 돈 모으는 즐거움과 살림살이에 재
미가 생겨났다. 전업주부인 내가 돈을 버는 일은 아이들을 돌
보며 집 밖으로 새어 나가는 돈을 막는 것이 곧 돈을 버는 것이
라는 생각이 들었다.

남향의 아파트는 밝은 햇살로 겨울 한낮에도 따뜻했지만, 행
여 아이들이 감기에 걸리는 것을 염려하여 항상 보일러를 틀어

놓고 생활했다. 집안에서는 땀을 흘렸고, 밖에서 찬바람을 쐰 날에는 꼭 감기에 걸렸다.

'내복을 입히고 보일러 사용 시간을 조금 줄여봐야겠어. 기름도 아끼고 일석이조잖아.'

그때부터 겨울이라도 집 안에서 생활하기보다 야외에서 겨울바람을 쐬며 지냈다. 계절의 변화를 몸으로 느끼며 아이들은 추운 날에도, 바람이 세차게 부는 날에도 많은 시간을 밖에서 보냈다. 그런데도 그 흔한 감기 한 번 걸리지 않았다. 자칫 궁핍하게 보일 수 있는 절약이었지만, 아이들의 건강한 모습을 보니 믿음이 생겨났다.

"여보, 우리 TV 없애면 어떨까?"
"무슨 소리? 절대 안 돼!"
"회사에서 늦게 퇴근해서 평일에는 TV도 못 보고, 주말에는 외출하는 시간이 길어 고작해서 한,두 시간이잖아."
"그렇긴 한데 TV가 없으면 세상 돌아가는 이야기도 모르고, 야구도 못 보고. 야구 보고 싶지 않아?"
"응. 야구는 야구장에서 봐야 제맛이지. 휴대폰으로 뉴스랑 야구 경기 보면 되니깐 TV 없애자. 알았지?"

남편과 나는 야구장에서 처음 만났다. 응원 머리띠를 하고, 함성을 지르고, 목청껏 응원가를 부르는 나를 보며 남편은 내가 야구 마니아인 줄 알았다고 했다. 하지만 나는 야구장에 가서 응원하고 먹으면서 스트레스를 푸는 사람이었지, 야구에는 전혀 관심이 없었다. 남편을 만난 이후에는 한 번도 야구장에 가지 않았다. TV로 보는 야구 경기는 관중의 함성과 박진감을 느낄 수 없기에 재미가 없었다. 결국, 야구 중계를 빌미로 나를 설득하지 못한 남편은 내 의견에 따라주었다. TV를 처분하면서 앞으로 물건을 살 때는 보다 현명하게 선택해야겠다는 다짐을 했다. 고가의 물건이라도 내 손에 들어왔다가 나갈 때는 헐값이 되었다. 이런 상황을 반복적으로 마주하게 되면서 소비에 대한 생각도 자연스럽게 정리되었다. TV를 없애니, 수신료와 전기세가 줄어들었다. 아이들은 TV가 없는 아침을 책으로 맞이했다. 의도하지 않은 시작이었지만 이런 소소한 변화는 나를 더욱더 열정적으로 움직이게 했다.

가스압력밥솥을 사서 끼니마다 밥을 해 먹었다. 갓 지은 밥은 어떤 반찬을 만나든 훌륭한 만찬이 되었다. 시간이 많을 때는 반찬 수가 늘었고, 그렇지 않을 때는 반찬 수가 적었지만, 아이들은 투정 없이 밥을 잘 먹어주었다.

"여보, 여보, 이것 좀 봐."
"뭔데?"
"전기세 나왔는데, 얼마 나왔게?"
"원래 얼마 나왔어?"
"조금씩 줄어들고 있는데 평균 3만 원 정도 나왔어."

"여보가 호들갑 떠는 거 보니깐 만 원?"

"땡! 이번 달에 7,600원 나왔어."

"뭐? 나 혼자 자취할 때도 그것보다 더 많이 나왔는데..."

"진짜? 하하하. 대단하지?"

"매일 세탁기 콘센트 뽑으라고 따라다니면서 잔소리하더니, 내가 도와준 보람이 있었네. 그런 의미에서 치킨 한 마리 먹을까?"

무심코 지나치는 대기 전력도 놓치지 않았다. 그 시절이 즐거웠던 이유는 남편과 마주 앉아 절약에 대한 이야기를 안주 삼아 함께 보내는 시간이 많아졌기 때문이다. 집은 점점 간소하고 깨끗해졌고, 퇴근하고 돌아온 남편이 편안하게 쉴 공간으로 거듭났다. 적은 금액이었지만 조금씩 늘어나는 잔고 덕분에 남편의 얼굴에도 웃음이 피어오르고 있었다. 변화하는 집, 밝아진 남편을 보는 것만으로도 마음이 따뜻했다. 앞으로도 함께 매 순간을 즐기는 삶을 살고 싶다는 생각을 하면서, 어떤 모습으로 살아가야 할지 조금 답을 얻은 느낌이었다.

나눔이
불러온 기적

[안녕하세요. 205호 주민입니다.

이제 저에게는 필요하지 않은 물건을 필요하신 분에게 나눔 할게요. 남은 물건은 오후 5시경에 수거하겠습니다.]

혼수로 장만해온 찻잔세트, 자리만 차지하던 큰 솥, 팬시점 갈 때마다 사다 모은 볼펜, 길거리에서 전단지와 함께 받았던 알록달록 행주, 아이들 장난감까지 상자에 넣어 작은 쪽지와 함께 엘리베이터 안에 두고 왔다.

"어머니, 저거 엘리베이터에 버려요?"

"우리는 사용하지 않는 건데, 혹시 필요한 사람이 있으면 나 눠 쓰면 좋을 것 같아서 담아두고 온 거야. 아직은 깨끗해서 사 용할 수 있는 것들인데 그냥 버리면 아까우니깐."

"누가 들고 갈지 기대돼요."

5시가 되려면 아직 4시간이나 남았다. 겨우 30분밖에 지나 지 않았는데 자꾸 시계로 시선이 향했다.

'누가 들고 갈까?'

'아무도 안 들고 갔겠지?'

'한번 가볼까? 아니야. 나중에 가봐야지.'

이제 막 점심을 먹은 아이들이 그네를 타러 가자며 졸라댔다. 시선이 자꾸 엘리베이터로 향했지만, 2층에 살던 우리는 계단으로 내려갔다. 벚꽃이 만개한 놀이터에 4월의 햇살이 예쁘게 비치고 있었다. 따뜻한 봄의 향기가 가득했다.

"어머니 그네 밀어주세요."

"높이~ 더 높이~"

"하하하. 재미있다."

봄바람에 벚꽃이 흩날렸다. 떨어지는 꽃잎을 가만히 바라보고 있는데 문득 엘리베이터 안에 놓아둔 물건이 생각났다.

'지금 몇 시지?'

시계가 5시를 향하고 있었다. 조금 더 놀고 싶어 하는 아이들을 달래어 집으로 돌아왔다.

'쿵쾅 쿵쾅'

아파트 현관 앞에 도착하자 심장이 요동쳤다. 백 미터 달리기를 했을 때처럼 심장이 빠르게 뛰어 귀에까지 쿵쿵대는 소리가 들렸다.

"어머니~ 상자 누가 들고 갔는지 보면 안 돼요?"
"아~ 궁금해요. 엘리베이터 타고 올라가요."

지훈이가 엘리베이터 버튼을 눌렀다.
8층에 멈췄던 엘리베이터가 내려오기 시작했다.

'띵동'

명쾌한 엘리베이터 도착 소리와 함께 사르르 문이 열렸다.
우연을 가장한 짝사랑을 기다리는 것 마냥 심장이 두근거렸다. 상자에 눈길이 닿았다. 담아두었던 물건은 하나도 남아있지 않았다. 작고 하얀 쪽지 한 장이 들어있을 뿐이었다.

"나눔 감사합니다. 잘 쓸게요."

함께 기뻐하는 아이들의 웃음소리가 엘리베이터를 가득 채웠다. 이웃과 나눔이 놀라울 만한 행복으로 되돌아왔다. 가져간 사람이 잘 사용하고, 더 나아가 세상에 나눔과 공유의 물건이 넘쳐났으면 좋겠다는 생각이 마음속에서 차오르고 있었다.

'집에 가서 나눌 것이 없는지 더 찾아봐야겠다.'

05
비울수록
선명해지는 꿈

큰 창에 달렸던 암막 커튼을 떼어내고, 서랍 속 광목 커튼을 꺼내 걸었다. 봄의 향기가 햇살 가득 집안으로 스며들어왔다. 커튼을 떼어낸 자리에 쌓인 먼지들을 훔치다 말고 남편을 불렀다.

"여보."
"여보. 오늘 봄맞이 대청소 좀 했으면 좋겠어."
"또? 얼마 전에도 청소했잖아."
"오늘은 책장이랑 서랍장 옮기면 좋을 것 같아."

남편은 걸레질을 하는 나를 내려다보았다. 긍정도 부정도 아닌 표정. 담담하게 받아들이는 남편은 책장에 꽂힌 책들을 바닥으로 옮기기 시작했다.

"헉헉, 여보~ 책장 어디다 둘까?"
"작은방 창문 앞으로 놓아줘요."

능숙한 솜씨로 책장을 옮겨주고 책장을 옮긴 자리에 있던 먼지들을 훔쳐냈다. 아이를 업은 채 옆에서 말만 하는 나에게 남편이 한마디 했다.

"태어나서 이사를 세 번 했는데, 결혼하고 같은 집에서만 열 번 넘게 한 거 같다."

묵은 병이 스멀스멀 고개를 내밀 때면, 청소를 하여 물건에 대한 집착하는 마음을 털어내려고 애쓰고 있다. 청소를 하는 시간은 물건이 아닌 나를 관리하는 시간이라고 말하는 것이 정확할 것 같다. 하루하루 다른 사람이 되어가는 느낌이었다. 겨우 일 년이 지났을 뿐인데, 허영심 가득했던 지난날의 내 모습이 다른 사람처럼 느껴졌다.

"여보~ 나만 믿어."
"뜬금없이 무슨 이야기야?"
"아냐~ 아냐~ 조금만 더 고생해 줘. 그리고 고마워."

소유욕이 사라질수록, 평소 내가 꿈꾸던 꿈을 향해 조금씩 다가서는 기분이었다. 정확한 목적지는 없었지만, 삶의 방향은 어느 때보다 선명해지고 있었다.

'2년 후에는 자연과 함께 하는 곳으로 떠나야지.'

오색달팽이 미니멀 라이프(MINIMAL LIFE) 이야기

불필요한 물건이나 일 등을 줄이고, 생활에 꼭 필요한 물건으로 살아가는 단순한 생활 방식을 '미니멀 라이프'라고 해요.

제가 생각하는 미니멀 라이프는 단순히 물건을 버리는 행위만을 의미하는 게 아니에요. 물건을 줄이는 것과 동시에 수많은 걱정과 고민, 불필요한 생각까지도 비워내는 시간이라 생각해요.

나를 되돌아보고, 나를 찾아가는 시간.

무엇보다 자기 자신을 잘 알기 위해 소비 습관을 들여다보는 시간이 필요해요. 불필요한 물건을 자주 사는 것은 아닌지, 충동구매를 하고 있지는 않은지 생각해 봐야 해요.

'가계부'를 적어보는 것은 큰 도움이 될 수 있어요. 엑셀, 가계부 애플리케이션, 수기 가계부 등 자신만의 방식으로 한 달 동안 꾸준히 수입과 지출 내역을 기록해보세요. 한 달, 두 달 가계부를 쓰다 보면 어떤 것에 돈을 쓰고 있는지 자신의 소비 패턴을 찾을 수 있어요. '필요'와 '욕구'를 구별할 수 있게 되면, 행복한 삶에 한 발짝 가까이 다가설 수 있어요.

시간을 얻고, 나를 찾을 수 있도록 도와주는 미니멀 라이프.

함께 해 보실래요?

가난하다는 말은
너무 적게 가진 사람을 두고 말하는 것이 아니라
더 많은 것을 바라는 사람을 두고 하는 말이다.

– 세네카 –

Chapter 3

채우다

01
—
함께 하는
플로깅의 시작

푸른 바다, 한라산을 바라보며 지낸 2년의 세월은 자연을 사
랑하는 마음, 아이와 남편과 함께 시간을 보내는 방법을 선물해
주었다. 제주의 자연 속에서 행복과 만족을 느끼고 있을 때 우
리는 떠나야 할 시기가 오고 있음을 느꼈다. 남편이 회사에 묶
여 있지 않은 까닭에 어디에서 생활하든 문제 될 것이 없었다.

"여보, 우리 육지로 다시 이사 갈까?"
"우리끼리 있어 가끔 외롭기도 하고, 편안하니깐 나태해지는
것 같지 않아?"

제주를 떠나자는 나의 얘기에 남편도 동의했다. 편안함에 안
주하지 말고 새로운 곳에서 생활해보자는 마음으로, 우리는 경
상북도 영천으로 이사했다. 짐은 택배로 보낸 이삿짐 박스 4개
와 차에 실은 짐이 전부였다. 제주도로 향할 때보다 더 가벼웠
다. 유일하게 늘어난 것이 있다면 가족 구성원의 숫자였다. 네
번째 아이가 몸속에서 꿈틀거리고 있었다.

영천. 모든 게 새로웠다. 집도, 사람도, 공기도, 하늘도.

푸른 하늘이 손에 닿을 듯 말 듯 하던 제주 하늘과 달리 영천의 하늘은 칙칙하고 어두웠다. 제주의 하늘이 그리웠다. 집을 나설 때마다 만났던 친구 같은 한라산 대신 굽이굽이 뻗은 팔공산 자락은 어색했다. 푸른 하늘과 바다가 없는 영천에서 나도, 남편도, 아이들도 제주앓이를 하고 있었다.

"어머니, 바다에 가서 쓰레기 줍고 싶어요."

"제일 가까운 바다는 포항이나 부산까지 가야 하는데……
어쩌지?"

"괜찮아요. 갈 수 있어요. 바다 청소하러 가요."

"입덧이 조금 멈추면 그때 가면 안 될까?"

네 번째 임신이었지만 여전히 적응이 되지 않는 입덧 탓에 힘든 시간을 보내고 있었다. 그러고는 자연스럽게 아이들과 약속도 잊어버렸다. 포도밭의 포도가 싱그럽게 익어가는 계절이 왔다.

'함께 쓰레기 줍기 하실 분 계시나요?'

어느 블로그 이웃의 글이었다. 숲속을 산책하면서 쓰레기 줍기도 하고, 도시락을 먹으며 소풍 가는 기분으로 함께 모이자는 내용이었다. 대구였다. 차를 타고 한 시간가량 떨어진 곳이었다. 가까운 거리는 아니었지만 설레는 마음으로 참가신청을 했다.

"다른 사람들이랑 함께 줍는 거예요?"
"아이들은 있어요?"
"그 친구들은 쓰레기 주워봤을까요?"
들뜬 아이들은 그날만 손꼽아 기다렸다.

"여보 같은 사람이 또 있었네?"

"세상의 유별난 사람 모두 모인 거 아니야?"라는 말과 함께 약속 장소를 향해 운전하던 남편이 나를 쳐다보며 얘기했다. 친한 사람이 아니면 말을 건네는 것도 어려워하는 내가 아이들을 위해 이름도, 얼굴도 모르는 사람과 만나기로 약속하다니, '엄마는 위대하다'는 말은 괜히 생긴 게 아니었다.

약속 시간보다 일찍 도착했다. 푸릇푸릇 한 잔디밭에서 메뚜기, 방아깨비, 풀벌레를 잡고 주차장의 쓰레기도 주우면서 시간을 보내고 있었다.

"어머니~ 몇 명이나 와요?"
"메뚜기 선물해 줘도 될까요?"
"빨리 오면 좋겠어요."
기다리는 동안 설렘과 호기심으로 가득했다.

"안녕하세요?"

멀리서 인사를 건네며 여자아이 두 명, 그리고 모임의 주최자이신 줄리아 님이 걸어왔다. 환경 보호에 적극적으로 참여하고, 생활 속에서 플라스틱 줄이는 삶을 실천하고 계신 분이셨다. 블로그를 통해 알게 되었지만, 실제로 어떤 삶을 살아가고 있는지 궁금했다며 함께 얘기를 나누는데, 지훈이가 선물이라며 불쑥 메뚜기를 누나들에게 내밀었다.

"으악."
"무서워."

메뚜기를 무서워하는 12살의 쌍둥이 소녀들이었다. 풀벌레를 볼 때마다 소리 지르는 아이들에게서 불과 몇 년 전의 내 모습이 보이는 것 같아 웃음이 났다.

'작은 곤충들, 벌레들은 다 사라졌으면 좋겠어.'

계절의 시작을 알리는 봄이 올 때마다 나비, 개미, 애벌레, 메뚜기와 같은 작은 생명은 나를 불편하고 힘들게 했었다. 그런 나와 달리 아이들은 제 자리에 앉아 줄지어 다니는 개미들의 행렬에 맞춰 눈동자를 빠르게 움직이고 있었다. 날갯짓을 하며 자연으로 돌아가기 위해 준비하는 나비를 바라보는 아이들의 얼굴은 평온했다.

"늦어서 죄송해요. 많이 기다리셨죠?"

나는 아름다워질 때가지 걷기로 했다.

아담한 키에 몸보다 더 큰 백팩을 메고 세 명의 남자아이들과 뛰어오는 마지막 참가자 푸른 낙타 님 가족이었다. 처음에는 그녀의 큰 백팩이 무엇을 의미하는지 알지 못했다. 가볍게 인사를 나눈 후, 줄리아 님이 준비해 오신 집게와 비닐을 받아 들었다.

〈숲속 힐링 로드〉 안내판을 보며 걸어 올라갔다. 임신 6개월이었지만, 몸매는 만삭의 임산부였다. 매주 제주도 오름을 올라다녔던 터라 힘들지 않은 산행이었음에도 나를 지켜보는 두 분은 괜찮은지 계속 안부를 물어왔다.

사람들이 다니는 길목에 있던 풍뎅이를 풀숲으로 옮겨주기도 하고, 메뚜기와 방아깨비랑 인사를 나누면서 숲속을 거닐었다. 아이들은 어색하게 걷다가도 쓰레기가 나타나면 먼저 줍겠다면서 우르르 달려들었다. 사탕 봉지, 물티슈, 생수병 뚜껑 등 따로 또 같이 걸어가면서 우리는 이야기도 나누고, 작은 쓰레기도 찾아냈다. 소나무 숲에서 맑은 공기를 마시는 동안 제주 아부오름을 추억했다.

평상과 여러 운동 기구들이 있는 곳에서 점심을 먹으며 쉬어 가기로 했다. 그리고 그때 푸른 낙타 님이 짊어진 큰 백팩의 비밀이 풀렸다. 거기에는 밥을 담은 도시락과 반찬을 담은 도시락 용기가 무려 여섯 개나 들어있었다. 게다가 무거운 스테인리스 도시락이었다. 고물상에 스테인리스 냄비를 팔았던 기억이 떠올랐다. kg당 무게를 재어보면 고철이 제일 비싼 가격을 받을 수 있는데, 그렇게 무거운 걸 가방에 넣어 여기까지 온 것이 놀라웠다. 쓰레기 줍는 모임을 위해 이동하는 데만 두 시간을 투자해서 오다니 존경심마저 느껴졌다. 백팩 속에는 자연을 향한 무한한 사랑과 열정이 가득 담겨 있었다.

점심을 먹은 뒤에는 아이들을 위한 작은 이벤트도 준비되어 있었다. 조각돌 보물 찾기! 바다에서 주운 조각돌 위에 별과 숫자 표시를 그려놓았다. 쓰레기가 전혀 나오지 않는 보물찾기가 가능하다는 사실에 또 한 번 놀랐다.

바다에서 찾아낸 쓰레기가 어업용 어구, 부표, 밧줄 같은 것이었다면, 산에서 줍는 쓰레기는 사탕 비닐, 담배꽁초 등 작은 것이 대부분이었다. 장소에 따라 쓰레기 종류도 달랐다. 쓰레기 줍기를 끝낸 후에는 밥상 위에 달려드는 개미 떼를 보면서 오후 시간을 보냈다. 그러고는 기약 없는 만남을 아쉬워하며 헤어졌다.

"어머니, 다음에 또 같이 줍고 싶어요."
"같이 청소하니깐 더 신나는 것 같아요."

우리 가족끼리 쓰레기를 주운 것이 아니라 함께하면서 더 큰 에너지를 얻었다. 지식이 아니라 삶이 되도록 하는 교육, 아이들에게 어떤 것을 가르쳐주기 위해 애쓰기보다 직접 환경 보호를 실천하는 부모의 모습을 보여주는 것이 더 중요하다는 것을 느끼는 시간이었다. 아이들을 바라보며 혼자 생각했다.

'집 앞부터 시작해서 조금씩 쓰레기를 줄여봐야겠어!'

02
지구를 지키는
사 남매의 탄생

"어머니, 쓰레기 주울 때 집게를 사용해보니깐 편했어요."
"우리도 집게 사서 쓰레기 주워요."

집으로 돌아온 뒤 쓰레기를 주울 수 있는 긴 집게를 샀다. 쓰레기 줍기는 집게의 기운이라고 해도 무방할 정도였다.

"집게가 있으니깐 손이 안 닿는 곳까지 주울 수 있어서 편안해요."
"지구에 있는 쓰레기, 다 청소할 수 있을 것 같아요."
"으하하. 우리가 지구를 구하자."

집게가 도착한 그 날부터 매일 집 앞 쓰레기를 줍고, 마을 강변 청소를 하면서 아이들은 뿌듯함을 느꼈다. 특별한 날, 특별한 장소에서 쓰레기를 줍던 모습이 일상이 되어가고 있었다.

"우리가 지구 쓰레기 다 주워버리겠다. 지구야 기다려! 우리가 널 구해주겠다.”

쓰레기 줍기는 아이들에게 지구를 지키는 영웅처럼 다가왔
고, 그날 ‘지구를 지키는 사 남매’가 탄생했다.

03
—

〈제로 웨이스트. 대구〉
자랑스러운 그녀들

우리의 만남은 거기에서 끝나지 않았다. 백팩을 짊어지고 왔던 그녀는 마을 활동가였다. 지역에서 일어나는 고민을 주민들과 교류를 통해 해결하는 일을 하고 있었다. 그녀는 쓰레기 줍기 행사를 대구 시민 '씨앗' 공익 활동에 제안했고, 그것이 선정되면서 우리는 인연을 이어나갈 수 있게 되었다. 영천과 대구의 거리는 전혀 문제가 되지 않았다. 플라스틱 쓰레기 줄이기, 생활 속에서 쓰레기 줍기, 일회용품 대신 대체품 사용 등 공통의 관심사가 서로에게 선한 영향을 끼쳤고 〈제로 웨이스트. 대구〉라는 이름으로 활동을 시작했다.

"집에 플라스틱 쓰레기 너무 많이 나오지 않아요?"
"비닐도 많이 나오는 것 같아요."
"장을 볼 때 쓰레기 줄이는 방법에 대해서도 한번 이야기 나눠 봐요."
아이를 낳아 키우는 동안 불편하게 다가왔던 환경문제에 대해 생각을 나누고, 조금이라도 세상에 보탬이 될 방법이 무엇인지 의견을 모았다.

"여보, 공익 활동으로 쓰레기 줍기 행사를 열어보기로 했어."
"여보, 사람들에게 제로 웨이스트 물건들을 알리는 이벤트 해보기로 했는데 상품은 어떤 게 좋을까?"

나는 제로 웨이스트 활동에 관해 남편에게 얘기했고, 남편은 무심한 척하면서도 내 말에 귀 기울여주었다. 의미를 느낄 수 있는 즐거운 시간이었다.

"모든 아이가 좋은 환경에서 살게 하고 싶다."라고 말하는 푸른 낙타 님과 플라스틱 없는 삶을 살아가는 줄리아 님. 지속 가능한 지구의 미래에 대해 함께 고민하고 행동하는 이들을 만났다는 사실이 놀라울 뿐이었다. 우리는 함께 쓰레기를 주우며 머릿속에만 있던 생각을 행동으로 옮겨보기로 했다.

그들은 누군가로부터 "유별나다"는 소리를 들었던 나를 세상의 기준으로 판단하지 않고 바라봐 준 고마운 친구들이다. 우리가 처음 만났던 그 날, '지구를 구할 수 있다'라는 작은 희망의 씨앗을 심어놓고 온 것 같다. 그 씨앗이 멀리멀리 퍼져나갔으면 좋겠다. 지구의 반대편 세상 모든 곳까지.

04
지구 한 모퉁이
청소하기

유난히 더운 날이었다. 현관문을 열면 턱까지 숨이 차오르는 더운 공기가 집안으로 빨려 들어왔다. 만삭의 임산부라서 그런 지, 날씨가 더워 그런지 알 수 없었지만 문밖을 나서기가 힘들 었다. 하지만 그런 무더위에도 아이들은 동네 마실을 나가자고 했다.

"오늘은 걷기가 힘든데, 조금만 걷다가 올까?"
"네~"

여느 날처럼 아이들은 한 손에는 집게, 다른 한 손에는 종량 제 비닐을 손에 들고 나섰다. 수확이 어느 정도 끝난 포도 밭 길을 따라 걷던 아이들 발걸음이 멈추었다. 지난주에는 없었는 데, 언제 생겼는지 소각한 쓰레기 흔적이 눈에 띄었다.

"어머니~ 잠시만요."

누군가가 시켜서 하는 일이면 짜증이 날 법한데, 스스로 하는 일이니 언제나 즐거운 표정의 아이들이다.

"이럽~ 이럽~"

세 아이가 힘을 합칠 때마다 즐겨 부르는 노래에 맞춰 청소를 시작했다. 지훈이와 서빈이가 도랑으로 내려가 캔커피, 호일, 비닐 등을 소각한 후의 쓰레기를 길 위로 올렸다. 그러면 유진이가 집게로 주워 담아 종량제 비닐에 넣었다. 세 아이가 분담해서 일을 하니 짧은 시간에 쓰레기를 모두 담을 수 있었고, 비닐은 금세 꽉 채워졌다. 아이들의 이마와 등은 땀으로 흠뻑 젖었다. 만삭의 임산부인 엄마가 걱정된 아이들이 제 손으로 쓰레기봉투를 하나씩 들고 집으로 향했다.

"어머니, 쓰레기 들고 오기 무거우니깐 손수레 같은 거 있으면 좋을 것 같아요."
"손수레?"
"할머니들 시장 갈 때 바퀴 달려있고 손잡이가 있는 손수레 말이에요."
"손수레가 있으면 편리할까?"
"네. 그러면 쓰레기봉투 싣고 오면 되고, 쓰레기도 더 많이 주울 수 있을 것 같아요."

그렇게 해서 우리 집에는 '손수레'라는 장비가 들어왔다.

　집게, 손수레, 스마트한 장비 덕분에 지구 한 모퉁이를 청소하는 일이 조금씩 더 수월해지고 있었다.

나는 아름다워질 때가지 걷기로 했다.

마당을 쓸었습니다

나 태 주

마당을 쓸었습니다.

지구 한 모퉁이가 깨끗해졌습니다.

꽃 한 송이가 피었습니다.

지구 한 모퉁이가 아름다워졌습니다.

마음속에 시 하나가 싹텄습니다.

지구 한 모퉁이가 밝아졌습니다.

나는 그대를 사랑합니다.

지구 한 모퉁이가 더욱 깨끗해지고

아름다워졌습니다.

05
––
익숙함을 버리고
선택한 작은 불편

"어머니, 어떤 사람이 김밥을 먹었어요."
"그래? 김밥 먹었는지 어떻게 알아?"
"여기 보세요. 김밥 포장지가 버려져 있어요."
"어머니, 이 사람은 커피를 마셨어요."
"오빠야, 김밥을 먹고 커피를 마신 건 아닐까?"
"또 한 사람은 생수를 마셨고...."
"하하하~ 우리한테 다 들켰다."

아이들과 이야기를 나누는 동안, 마음이 이리저리 요동쳤다.

　살림을 하면서 물건보다 물건의 포장이 과하다는 사실을 알
게 되었다. 어떤 물건을 사든 내용물과 포장지는 함께였다. 그
것이 당연한 거라 생각했고, 분리수거만 열심히 했다. 그리고
이미 버려진 쓰레기는 더 이상 나와 상관없는 것이라고 생각했
다. 버려진 물건의 흔적이 내 삶을 대변할 거라고는 한 번도 생

각하지 못했다. 일상에서 가볍게 사용하고 아무렇게나 버리는 것, 너무도 당연하게 여겼던 것들이 새롭게 보이기 시작했다.

'쓰레기 없는 삶이 가능하긴 할까?'

한 시간째 컴퓨터 모니터를 바라보며 외로운 싸움을 이어나가고 있었다. 마우스를 움직이며, 얼굴을 찡그리는 나를 보며 남편이 물었다.

"뭘 사는데 그렇게 오래 걸려?"

"아이들이랑 쓰레기 주울 때 보니까 플라스틱이랑 일회용품이 너무 많더라고. 그래서 우리 집 쓰레기도 줄일 수 있는 게 뭐가 있나 싶어 검색 중이었어."

"그래서 뭐 샀어?"

"일단 작은 거부터 바꿔볼까 하고. 대나무 칫솔이랑 세제 대신에 사용할 수 있는 소프넛이라고 하는 나무 열매도 샀어. 그리고……"

"꼭 그런 거 사야 해? 혼자 이렇게 아낀다고 세상이 변하는 것도 아니고, 누가 알아주는 것도 아니잖아. 그런 거 사용한다고 하면 사람들이 유별나다고 할걸. 그리고 이건 여보 취향도 아니잖아."

취향은 언제든지 바뀔 수 있다는 말을 전하기가 무섭게, 장바구니 속에 담아둔 물건을 결제했다. 익숙함과 편리함 대신 약간의 수고를 선택하는 순간이었다.

내가 사용하는 물건, 내가 버린 쓰레기가 나를 대신한다고 생각하니 물건을 함부로 살 수 없었다. '비록, 나 하나만'이라도, 최소한 '나'라도 바뀌고 싶었다. 남편이 소용없다는 말을 하면 할수록, 나의 신념은 더욱 굳건해지고 있었다.

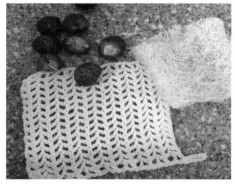

나는 아름다워질 때가지 걷기로 했다.

플로깅
바이러스

늦여름, 햇살이 기분 좋게 내리쬐고 있었다. 방학이라 조카
들이 놀러 왔다. 마당에서 한껏 뛰어놀기도 하고, 조잘조잘 이
야기도 나누었다. 지훈이가 얘기했다.

"형아, 우리 쓰레기 주우러 갈래?"
"갑자기 쓰레기를 왜 줍는데?"
"지구를 지키려고 쓰레기 줍는 거지."
"뭐? 지구를 지킨다고? 재미있겠다."
"나가자. 형아"

아이들은 누가 먼저랄 것도 없이 신발을 신고 우르르 밖으로
나갔다. 조카에게 지구를 지킨다는 의미가 어떻게 받아 들여졌
는지 모르겠지만, 집게를 손에 건네줬더니 재빨리 받아 들고는
신나는 얼굴로 출동했다.
전봇대 아래에는 길고양이의 습격으로 배가 터진 검은 비닐
봉지가 널브러져 있고, 그 위에는 살이 오른 파리, 개미가 줄

지어 이동하며 음식물을 수호하고 있었다. 아이들은 파리와 개미를 아랑곳하지 않고 집게에 힘을 실어 쓰레기를 비닐에 담았다. 담배꽁초, 알루미늄 음료 캔, 농사 비닐, 물티슈 등 쓰레기를 줍는 내내 연신 즐거워했다. 봉투에 조금 더 채워 넣기 위해 쓰레기를 발로 밟고, 음료가 남은 캔은 뒤집어 속을 비우는 게 처음 해보는 솜씨가 아니었다. 아이들의 눈이 또랑또랑 빛나는 게 좋았다. 우리 아이들보다 능숙하게 잘 주워 담는 모습이 놀라웠다. 흐르는 개울에 묻혀있던 비닐을 건져 올리는 지훈이를 향해 조카들은 능숙한 모습이 멋지다며 엄지손가락을 치켜들어 척 내밀었다.

"고모, 사람들이 쓰레기를 많이 버려놨네요."
"이렇게 담배꽁초를 아무 데나 버리면 불이 날 수도 있잖아요. 바다에 흘러 들어가면 우리가 먹는다고 책에서 읽었는데……"

아이들과 쓰레기를 주울 때 부끄러움은 항상 나의 몫이었다. 아이들이 청소하는 쓰레기는 어른들이 사용하고 아무렇게나 버려놓은 것이기 때문이다. 어른들의 욕심으로 환경이 파괴되고, 공장을 짓기 위해 숲을 없애버리면서 사막이 늘어나고 있다. 미세먼지를 걱정하면서도, 우리의 지나친 소비와 부주의가 갓 태어난 아이에게조차 마스크를 씌우게 했다는 생각에 저절로 고개가 숙어졌다.

"고모, 지구를 지키니까 너무 기분 좋아요."

"내일 아침에 또 지구 지켜요."

"엄마한테 집게 사달라고 해야지."

　함께 쓰레기를 주우면서 아이들은 지구를 위해 무엇인가 하고 있다는 생각에 자신감과 용기를 얻는 것 같았다. 사람이 지구를 아프게 하지만, 사람이어서 지구의 미래를 고민하게 되고, 아이들 덕분에 지구의 밝은 미래를 기대할 수 있는 날이었다.

쓰레기 하나 줍는 정도의

사소한 행동이

평범한 오늘을

어제와 다른 하루로 만들어 준다.

평범한 하루를 특별하게 물들여준

플로깅 한 날들의 기록.

07
—

충분히
행복한 지금

10년의 직장 생활 외에는 패스트푸드 아르바이트 경험이 유일한 이력이었던 남편이 제주도 칼국수 가게에서 설거지 아르바이트를 하게 되었다. 추운 겨울이라 내심 걱정이 되었다.

'찬물에 손 시리지 않을까?'
'5만 원 벌려고 저렇게 가야 할까?'
'설거지 하려고 잘 다니던 회사 그만두고 제주도에 온 건 아니었는데……'

일하러 가는 날보다 함께 보내는 시간이 많아졌지만, 아르바이트를 위해 문을 열고 나서는 남편의 뒷모습을 보자 눈물이 쏟아졌다. 집짓기, 타일 조공, 가구 배송, 감귤밭 거름 주는 일, 하수구 배관 설치, 주택 공사까지. 우리 가족의 생활비를 벌기 위해, 때로는 남편이 잘하는 게 무엇인지 알아내기 위해 일용직을 하며 제주도 생활을 했다. 누구보다 남편의 경험을 응원했지만, 마음은 늘 미안함으로 가득했다.

"아빠는 뭐 하시는데?"

"이 서방은 아직도 쉬고 있나?"

"애들이 네 명인데 일도 안 하고 직장은 안 구한대? 이력서라도 넣으라고 해라!"

　시어머니를 비롯해 옆집 할머니까지 모두 우리를 보며 깊은 한숨과 걱정을 쏟아내셨다. 아이가 넷이나 되는데, 가장이 자신의 꿈을 찾겠다는 것은 사치스럽게 보이는 모양이었다. 쉬지 않고 열심히 일하는 것을 인정하는 사회에서 직장도 없고, 소속된 곳 없는 남편을 향한 시선은 불편했다. 남편과 함께 할 수 있는 시간이 많아 행복했고, 우리는 부족함이 없었다. 직장의 명함, 재산, 소유물이 아니라 가족들과 보내는 시간, 가족 모두 자신이 좋아하는 일에 가치를 두고 있어서 행복했다. 그러나 우리를 바라보는 주변의 시선은 궁금증 그 이상이었다.

"여보, 이제 책도 읽기 시작했으니깐, 글도 좀 써보면 어떨까?"

"글?"

"3년 동안 도서관 드나들면서 꿈을 찾은 사람이 쓴 책 많이 읽었잖아. 여보도 책 읽고 글 쓰면서 자기만의 시간을 가져봐. 여보 글솜씨도 좋잖아."

"내가? 내가 쓴 글 읽어 본 적 있어?"

"응. 연애편지."

"연애편지 몇 통이나 받았는데?"

"한 통"

"난 그때 무슨 내용을 적었는지 기억도 못 하는데……"

"그 편지 읽으면서 나는 여보가 글 쓰는데 소질이 있다는 생각을 했었어. 책도 읽고, 글도 쓰면서 생각도 정리하면 좋을 것 같아. 그래서 말인데 우리 책방 열어보는 건 어떨까?"

"책방? 요즘 독립서점 문 닫는 곳 많다고 하던데 잘 되겠어?"

"시골이니깐 임대료가 부담되지 않는 작은 공간에서 시작해보는 거야. 임대료 정도는 벌 수 있겠지."

인적이 드문 시골에서 책방을 운영하는 것이 쉽지는 않겠지만, 한 번 용기를 내어보기로 했다. 아이들과 함께 그곳에서 편하게 책도 읽고, 우리가 읽고 싶은 책들로 꾸며 우리만의 도서관을 열어보는 상상을 했다. 남편은 그곳에서 책을 읽고, 글을 쓰는 사람이 되는 꿈을 꾸었다. 책방을 해야 할 이유는 점점 선명해지는데, 책방 인테리어가 걱정이었다. 마음에 드는 인테리어와 책을 진열하기 위한 큰 책장 구입에 많은 비용이 들었다. 책방은 무리일지도 모르겠다는 생각이 무르익을 즈음 남편에게 전화 한 통이 걸려왔다.

"누구야?"

"아버님이신데 내일 대구 현대백화점에 철거 공사가 있다고 현장에 일하러 오라고 하시네."

"여보, 할 수 있겠어? 철거 일은 안 해봤잖아."

"제주도에서 해봤잖아. 할 수 있지."

20년 넘게 철거 일을 하고 계신 아버지의 전화였다. 대구에서 일손이 필요하셔서 남편에게 전화를 하신 모양이었다. 낯선 일을 할 때마다 남편보다 내 마음이 더 힘들었다. 하지만 제주도에서의 경험은 남편에게는 자신감, 나에게는 응원해 줄 힘을 만들어 주었다.

"여보, 일은 어땠어?"

"괜찮았어. 백화점 리모델링한다고 철거하는데 깨끗하고 멀쩡한 것들이라서 진짜 아까웠어. 망치로 다 부숴 조각내고, 의자, 거울 같은 것들까지도 모조리 다 버려. 필요한 사람 있으면 사용해도 되겠던데."

"그래? 우리 책방 할 때 사용할만한 것들 없었어?"

"안 그래도 아버님이 다음 달에도 백화점 철거하는 곳이 있다고 하시더라고. 모두 부서서 버리는데, 미리 가서 살펴보고 필요한 거 있으면 가져와도 될 것 같아."

"잘 됐다. 그런데 그러려면 책방 오픈을 한 달이나 미뤄야 하네."

"아무래도 그래야 할 것 같아."

"멀쩡한데 버려지는 제품이 우리 품으로 와서 책방에서 멋지게 꾸며진다면 정말 멋지겠다."

책방을 열기로 하고, 빠르게 오픈을 준비하던 중이었다. 하지만 필요한 물건을 구할 수 있다는 생각에 오픈을 미뤄가며, 한 달 뒤에 있을 철거 날만 기다렸다.

환경을 바꾸고, 생각을 다르게 하니 삶의 방식도 바뀌었다. 타인의 시선과 자본이 만든 기준에 맞추고 싶지 않았다.

버려지는 물건에 생명을 불어넣는 일, 소비를 지연하는 일, 어제보다 조금 더 성장하는 나를 만들고 싶다는 모습까지 삶 곳곳에 변화가 나타나기 시작했다.

돈으로 살 수
없는 것들

"여보, 책방에서 우리가 사용하는 물건을 판매해 보는 건 어떨까? 대나무 칫솔, 스테인리스 빨대 같은 거 말이야."

"사람들이 관심을 가질까?"

"책방에 왔다가 환경에 관심 있는 사람이 사갈 수도 있지 않을까? 이런 제품이 있다고 알려주는 정도로 해보면 어떨까. 응?"

"가뜩이나 책방도 좁은데...... 꼭 해야 해?"

"안 팔려도 우리가 사용하는 것들이니깐, 우리가 사용하면 되잖아."

"그래. 알았어."

남편의 허락을 받아냈다.

조금만 걸어도 등에 땀이 젖은 원피스가 척하고 달라붙는 더운 날. 집에서 멀지 않은 읍내 시장 한 모퉁이에 오래된 작은 가게를 얻었다. 핑크색 벽지로 도배된 작은방이 딸린 곳이었다. 반찬가게를 했던 곳이라 싱크대가 놓여있었고, 수전도 사용할 수 있었다. 구석구석 걸쳐진 거미줄과 그곳에 터를 잡고 사는 벌레를 보며 오랫동안 비어 있던 곳이라는 걸 짐작할 수 있었다.

가게를 둘러보며 아버지께 전화를 드렸다.

"아버지, 저희 책방 계약했어요. 그런데 반찬가게를 했던 곳이라 싱크대가 있는데 시간 되실 때 오셔서 싱크대 철거 도와주시면 안 될까요?"

열흘쯤 지나 싱크대를 철거하고 쓰레기들을 치워냈다. 남편은 다음 날부터 바빠지기 시작했다. 미리 유튜브로 공부해둔 셀프 인테리어를 하나씩 완성하기 시작했다. 핑크 벽지 위에 하늘색 페인트를 롤러가 아닌 붓으로 정성스레 칠하며 남편의 꿈을 찾아가고 있었다.

장마와 태풍, 그리고 폭염까지 이어졌다. 그동안 남편은 페인트칠을 마무리하고 조명까지 설치했다. 선풍기, 에어컨도 없는 곳에서 하는 작업이었지만 구석구석 남편의 손길이 닿는 곳마다 마법처럼 새롭게 변해가는 기쁨을 맛보고 있었다. 책을 진열할 커다란 책장과 카운터, 의자 등 버려진 물건을 재사용하여 책방 준비를 마쳤다. 고등학교 때 동아리 활동으로 그린 나의 작품으로 벽 한편을 장식했다. 남편은 간판도 직접 걸어보고 싶다면서 간판을 걸 때 필요한 사다리도 별도로 사지 않고 아버지께 빌려와 사용했다.

대형 출판사의 책, 많이 팔리고 있는 책이 꽂힌 서가가 아니었다. 대중적인 취향에서 조금 벗어나 환경과 공동체 관련 책을 중심으로 꾸몄다. 제로 웨이스트, 검소한 생활, 미니멀 라이프까지. 나와 비슷한 관심을 가진 사람들, 낯선 세계를 알고 싶어 하는 사람들을 위한 공간으로 만들고 싶었다. 책표지가 전면을 향하게 꽂아 한 번 더 책을 펼쳐 볼 수 있도록 진열하고, 아이들을 위한 그림책 코너도 마련했다.

나는 카운터 옆 작은 공간에 환경을 위한 제품을 꾸며놓았다. 사용 후 버려지더라도 자연으로 돌아갈 수 있는 대나무 칫솔, 미세 플라스틱 걱정 없는 면 수세미, 다회용으로 사용할 수 있는 스테인리스 빨대, 비닐 대신 사용할 수 있는 면 주머니를 마련해 놓았다. 종이 사용을 줄이기 위해서 카드 영수증 발급이 안 된다는 알림판을 만들어 놓으니 제법 분위기가 있어 보였다. 남편이 만든 마 끈 냄비받침도 걸어 놓았다. 제주도 비건 축제에 갔을 때 마 끈으로 만든 냄비받침에 마음을 뺏겨버렸다. 살까 말까 고민하는 나에게 남편은 자기가 만들어 줄 수 있다면서 사는 걸 말렸다. 그 후, 정말 남편은 멋진 냄비받침을 만들어 주었다.

우리 가족만의 도서관을 만들자는 목적으로 시작했지만, 누구든 편안하게 들어와 책방에 머물면서 편안함과 행복감을 느끼기를 바랐다. 당장 책을 사든, 사지 않든, 책 읽는 사람이 늘어나고, 시골 책방까지 나들이 오는 사람이 많아졌으면 좋겠다고 생각했다. 지역 경제발전에도 기여한다면 더할 나위 없이 좋을 것 같았다. 나아가 우리 책방에서 본 물건과 '제로 웨이스트'라는 단어를 떠올리며 관심을 가지고 함께 환경 문제를 해결하기 위해 노력하는 모습까지, 큰 그림도 그려보았다. 생각만으로 가슴이 설레었다. 돈으로 살 수 없는 것의 가치를 즐기며, 삶에 아름다움을 더하는 방법을 조금씩 알아가고 있었다.

나는 아름다워질 때가지 걷기로 했다.

09
첫 플로깅
행사의 추억

"여보, 우리 책방에서도 쓰레기 줍는 플로깅 행사 열어보면 어떨까?"

"사람들이 쓰레기 줍는 거 관심 있을까? 꼭 해보고 싶으면 한 번 해보든지. 그런데 아무도 안 올 거야."

"아무도 안 오면 우리끼리 청소하면 되니깐 괜찮아."

넷째 출산일이 한 달도 채 남지 않았을 때, 책방 플로깅 행사를 추진했다.

남편의 예상과 달리, 감사하게도 세 가족이나 신청해 주었다.

유난히도 무더웠던 여름, 당일 비 예보 소식이 있었지만 여전히 뜨거운 날씨였다. 채 두 돌이 안 된 아이에서부터 12살 초등학생까지 10명의 아이들이 책방에서 모여 플로깅 장소로 이동했다. 물길을 따라 엄마 오리가 열심히 흘러가고 그 끝에는 아기 오리가 연신 물속에 머리를 담그며 더위를 식히고 있다. 강변으로 걸어가는 동안에 갑자기 비가 내리기 시작했다.

"비옷도 없는데 아이들 괜찮을까요?"
"네. 그치겠죠. 괜찮아요."

비가 그리 많이 내리지 않으니 괜찮다고 얘기하는 참가자들과 함께 강변으로 향했다. 집게와 20리터 종량제 봉투를 하나씩 건네주었고, 비를 맞으며 행사가 시작되었다. 며칠 전 사전 답사를 왔을 때 종량제 가득 쓰레기를 담아 갔는데 누가 청소를 하고 갔는지 쓰레기가 보이질 않았다. 쓰레기가 많아야 쓰레기 줍는 재미가 있는데, 그 흔한 담배꽁초마저 눈에 띄질 않았다. 그 와중에 빗줄기는 더욱 굵어졌다. 아이들이 걱정이 되어 비를 피하며 잠시 쉬었다.

'휴~ 주최자가 되는 게 쉬운 게 아니구나.'

비는 금세 잦아들었다. 아이들은 기다렸다는 듯 잔디밭을 뛰어다니며 쓰레기를 찾아다녔다. 두리번거리며 쓰레기를 찾는 눈동자에 들뜸과 설렘이 가득 차 있었다. 담배꽁초, 일회용 빨대, 물티슈 등 집게로 가볍게 집을 수 있는 쓰레기들이 나타나기 시작했다. 비 온 뒤의 후덥지근함과 뜨거운 태양의 열기로 인해 온몸이 땀으로 범벅이 되었다.
작은 쓰레기 줍기에 지루함을 느끼고 있을 때였다. 아이들이 검은 비닐과 일회용 용기, 막걸리병, 생수병, 나무젓가락과 같은 쓰레기가 잔뜩 쌓여있는 것을 발견하고는 흥분을 감추지 못했다.

"왜 여기에다가 쓰레기 버리고 갔지?"

"초장 그릇도 있어요."

"낚시하다가 아저씨들이 배고파서 먹은 거 아닐까요?"

진지하게 범인들의 행적을 쫓으며 증거를 찾는 모습에 웃음이 나왔다. 쓰레기들로 가득했던 잔디밭은 아이들의 바쁜 손놀림으로 금세 예전의 푸릇한 모습을 되찾았다. 종량제 봉투가 꽤 무거워지기 시작했다. 한 아이의 목소리가 유난히 크게 들려왔다.

"엄마, 쓰레기 줍기 재미있어."

"근데 사람들은 왜 이렇게 아무 데나 버리지?"

"엄마, 우리도 집게 사서 내일 아빠랑 쓰레기 줍기 하자."

엄마와 아이가 주고받는 대화를 지켜보면서 아이들 스스로 무언가를 느끼고 있다는 생각이 들었다. 나뿐만 아니라 이웃, 사회를 생각하는 아이, 몸과 마음이 건강한 아이, 아이들이 스스로 긍정적인 변화를 이끌어내는 모습이 큰 기쁨으로 다가왔다. 아무도 참여하지 않을 수 있다고 반신반의하며 시작했던 첫 플로깅 행사를 세 가족과 함께 따뜻하게 마무리했다. '이번 행사를 계기로 플로깅을 아는 사람이 많아졌으면 좋겠다. 쓰레기를 줍는 행동이 지구를 구하는 일이라는 것을 더 많은 사람들과 나누고 싶다'는 생각이 들었다.

"여보, 출산하고 나면 플로깅 이벤트 또 해요."

오늘은 '걸음'으로 기억하겠지만,
내일은 '길'로 기억될 것입니다.

– 윤슬 –

1초 동안에도 누군가는 쓰레기를 버립니다.

1개...... 52개...... 268개...... 3,759개

1초 동안에도 우리는 쓰레기를 줍습니다.

1개

1분 동안에도 누군가는 쓰레기를 버립니다.

137개...... 2,369개...... 69,783개...... 785,426개

1분 동안에도 우리는 쓰레기를 줍습니다.

1개...... 3개...... 9개...... 14개

이 쓰레기들은 어디로 갈까요?

오십 년, 백년 뒤 사람들은 어디에서,

누구와 살고 있을까요?

09

튼튼이에게 보내는
엄마의 편지

"튼튼아, 아프지 않게 조심히 할게."

따스함을 함께 느껴보고 싶어 했던 형의 손길 기억나니?
네 얼굴보다 더 크고 묵직한 가위를 들고 행여 작고 작은 너
를 다치게 할까 봐 조심스러워했던 형의 손길은 영혼을 흔드는
깊은 감동이었어. 너는 그날 형에게 용기를 선물해 주었어. 네
가 머리를 내밀며 인사를 했을 때 너를 바라보는 형의 얼굴은
신비함과 사랑으로 가득했단다.

나지막하고 조용하게 노래를 부르며 살랑살랑 몸을 흔들었
단다. 새벽 달빛으로 샤워를 하고 일곱 시간이나 춤을 추며 기
다리고 있었지. 창문 틈 사이로 새어 들어오는 아침햇살과 가
을바람, 나뭇잎 내음이 방안 가득 퍼져나갈 때 네가 찾아왔어.
너의 호흡과 온기가 가슴 위에서 고스란히 전해졌단다. 따뜻한
탯줄과 함께 맥박이 뛰고 있다는 걸 온몸으로 느끼고 있었지.
너는 가만히 숨죽여 지켜보는 누나들의 가슴에 아기의 탄생을

선물해 주었지.

"어머니, 저도 이렇게 태어났어요?"
"어머니, 태어나게 해줘서 감사해요."

한 번도 느껴보지 못한 따스한 손길, 할머니처럼 온화하고 따스한 손이 널 감싸 안았어.
"튼튼이도 힘들지? 지금 너무 잘하고 있어. 조금만 더 힘내 볼까?"

섬세하고 자상한 목소리가 너를, 우리에게로 안내해 주었어. 새롭게 시작될 여행으로 주저하고 있을 너에게, 네 이름을 다정히 불러주던 목소리. 그 소리를 듣고 넌 힘을 내어 문을 열고 나왔지. 평소와 다를 것이 없는 우리 집에서 말이야. 네 등을 어루만져 주던 산파의 따사로운 손길 기억나니?

"튼튼아, 사랑해!"
"많이 기다렸어. 보고 싶었어."

너의 체온이, 아버지에게 전해질 때 아버지의 눈에는 눈물이 흘러내렸어. 처음 보는 눈물이었어. 부성애라는 딱딱한 세 글자를 가슴으로 만나는 법을 너는 알려주었어.
복잡한 장치와 약에 의존하지 않고도 아기는 자연스럽게 이 세상에 태어날 수 있도록 만들어졌다는 사실을 너를 통해 알 수 있었어. 널 믿게 해줘서, 용기를 낼 수 있게 해줘서 고마워. 경이롭다는 말을 책으로만 만났던 나에게 넌 우주를 선물해 주었지. 네가 오던 그 날, 나는 온몸으로 경이로움을 느끼고 있었어.

지금부터 시작될 여행이 아름다움으로 알록달록 물들여지기를 바랄게. 튼튼아, 어쩌면 어둠 속에서 길을 잃어버려 눈앞이 깜깜해지는 순간을 만나게 될지도 몰라. 그럴 때는 달님과 별님의 빛을 느껴봐. 바람과 구름과 태양이 친구가 되어 너의 길을 함께 걸어줄 거야. 슬기롭고 지혜롭게 헤쳐나가면서 삶 곳곳에 향기로운 발자국을 남기며 살아가길 바랄게.

튼튼아, 우리에게로 와줘서 고마워.

오색달팽이 제로 웨이스트(ZERO WASTE) 이야기

제로 웨이스트(zero waste)는 생활 속의 불필요한 쓰레기를 줄여 쓰레기 제로가 되도록 하는 거예요. 지금은 제로 웨이스트를 위한 용품이 시중에 많이 나오고 있어요.

오색달팽이가 생각하는 제로 웨이스트란, 좋아하는 물건을 오래오래 사용하여 물건이 활약할 기회를 줘야 한다는 것이에요.

가족들의 낡은 옷, 입지 못하는 옷, 구멍 난 양말들도 한 번 더 사용할 수 있게 가위로 잘라 키친타월이나 걸레로 사용하고 있어요. 주방에서 기름을 닦거나, 창문 틈, 냉장고 아래 틈새 청소를 하고 버린답니다. 가위는 30년째, 연필깎이는 35년째 사용 중이에요. 어릴 적 사용하던 연필깎이는 겉모습에서 연식이 느껴지지만 15년 전 작은 부속품만 교체하니 새것 같아요.

선물을 할 때는 포장 없이 선물하거나 재사용이 가능한 보자기를 이용해 멋스러움도 함께 선물하고 있어요. 유튜브를 통해 포장하는 방법을 미리 익혀두면 많은 도움이 되어요. 수박 끈도 한번 사용하고 버려지는 것을 줄이기 위해 5년째 같은 수박끈을 사용하고 있어요. 장을 보러 갈 때 미리 챙겨가는 센스만 발휘하면 쓰레기 하나를 줄일 수 있답니다.

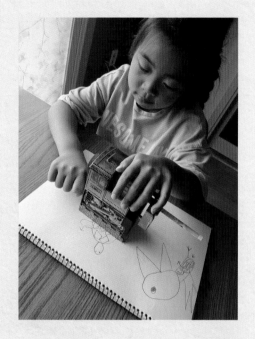

나는 아름다워질 때가지 걷기로 했다.

저는 집에서 물티슈 대신 손수건을 사용하고, 화장실에서는 전용 손수건을 만들어 휴지 사용량을 줄이고 있어요. 화장은 안 하는 편이지만, 화장을 지울 때는 화장솜 사용을 줄이기 위해 부드러운 천으로 만든 '빨아서 쓰는 다회용 화장솜'을 사용하고 있어요. 처음엔 티가 안 나지만 세월이 지나면 숲을 이루는 것처럼 작은 노력이 모이면 많은 양의 쓰레기를 줄일 수 있어요.

제로 웨이스터가 되려면 '물건'을 바라보는 '마음'부터 바꿔야 해요. 좋아하는 물건이 오래오래 활약할 기회를 주세요.
잊지 마세요!
'소유'보다는 물건의 '사용'이 더 중요하다는 사실!

시골에 사니까 너무 좋아요
머리가 아니라 몸이 하는 일
우리는 쓰레기만 주웠을 뿐인데
미안함과 불편함이 가득했던 밥상
나를 둘러싼 모든 것
우리가 지나간 길은 바뀌어요
플로깅하는 엄마
길에서 행복을 찾아내다 '더 파란 길'
생일이라서 쓰레기 줍는 거야
오색달팽이 플로깅(plogging) 이야기

Chapter 4

살아가다

01

—

시골에 사니까
너무 좋아요

코로나 추가 확진자가 늘어났다는 소식과 함께 아이들의 개학을 연기한다는 소식이 연일 뉴스에 보도되고 있었다. 아니나 다를까, 집 근처 의원에서 두 명의 확진자가 나왔다는 얘기에 대문 앞을 나서기도 꺼려지는 날이 계속되고 있었다. 그런 상황에서 우리는 또 한 번의 이사를 했다. 백일이 갓 지난 넷째가 있어 작은 승용차에 짐을 실어 셀프 이사를 강행했다. 사람이 많지 않은 곳에서 생활하고 싶다는 생각에 이사를 했는데, 시골이어도 너무 시골이었다. 20년 동안 사용해왔던 인터넷을 설치할 수 없었고, 코로나 탓인지 이웃 사람도 얼굴 보기가 힘들었다. "덜덜덜"거리는 정겨운 경운기 소리만으로 동네에 사람이 살고 있음을 확인할 수 있었다.

'이 동네는 코로나가 없던 시절부터 사회적 거리 두기를 하고 있었구나.'라는 생각을 하며 아이들과 함께 본격적으로 마을 탐방에 나섰다. 킥보드를 타고 동네를 돌아다니며 온 동네 개들의 목청을 확인하고, 낮은 뒷산에 올라가 마을을 둘러보았다. 봄에 만나는 곤충을 찾아내는 일도 매일 이어나갔다.

"어머니~ 땅에 누가 사는지 궁금해요."
"뱀이 사는지, 두더지가 사는지 땅 파볼래요."

아이들은 30분 동안 같은 자리에서 굴을 팠다. 계속 파 내려
가다 돌과 모래가 나오면 살짝 자리를 옮겼다. 그리고는 거기
에서 또 땅굴을 팠다. 몇 개를 팠는지 셀 수 없을 지경이었다.
세 아이 모두, 땅파기 삼매경인 동안 나와 남편, 유모차에서 잠
들어있는 막내는 하염없이 기다릴 수밖에 없었다.

임대받은 마늘밭에 텃밭 작물을 재배하기 위해 마늘을 뽑고,
땅을 갈아 뒤엎으며, 남편과 세 아이가 힘을 합쳐 오전 반나절
을 보내기도 했다. 일상에 마스크를 쓰는 불편함이 더해졌을
뿐, 우리 가족은 시골 생활의 여유로움과 한가로움, 자연을 느
끼는 시간으로 가득 차 있었다.

거실 큰 창으로 봄 햇살을 머금은 풍경이 펼쳐지고 있는 오
후였다. 아이들은 고추와 토마토, 상추와 브로콜리 모종을 사
다가 고사리 같은 손으로 텃밭에 심었다. 남편이 도와주겠다고
해도 혼자 할 수 있다면서 호미질하는 모습이 마냥 어리게 보
이지 않았다. 막내 이유식을 만들고 창가로 돌아와 텃밭을 바
라보니 꽤 근사한 농원으로 변해있었다.

"어머니~ 텃밭 농사 잘될 것 같죠?"

"우리가 다 심었어요."

"이제 킥보드 타고 마을 구경해요."

불어오는 봄바람과 함께 유모차를 밀면서 집 밖으로 나왔다. 위쪽으로 길게 뻗은 마늘밭을 지나 동네 뒷산으로 향했다. 한적하고 조용한 마을의 적막감을 깨는 건 아이들의 소리뿐이었다. 킥보드를 타며 앞서간 아이들이 멀리서 빨리 오라며 손짓하고 있었다. 매화가 이제 막 피어나기 시작한 곳에 잠깐 멈췄다.

"어머니, 시골에 사니까 너무 좋아요."

"지훈이는 시골의 어떤 점이 마음에 들어?"

"새소리, 바람 소리가 들려서 너무 좋아요. 잘 들어보세요. 벌 소리도 들려요."

모두 숨죽여 벌의 날갯짓 소리에 귀를 기울였다. 림스키코르사코프의 「왕벌의 비행」 피아노 연주가 귓가에 들려왔다. 피아노를 치던 빠른 손놀림이 그려지면서 벌들의 날갯짓에 에너지가 느껴졌다.

"어머니, 벌이 멸종하면 사람도 곧 멸종한대요."

"벌의 멸종이랑 사람 멸종이 무슨 관련이 있어?"

"벌이 수술에서 암술로 꽃가루를 옮겨 꽃을 피우고 열매를 맺게 해주는데, 벌이 사라지면 식물이 사라진대요. 그러면 식물을 먹는 초식동물이, 그리고 육식동물, 제일 마지막에는 사람까지 멸종하게 된대요."

"듣고 보니 그러네. 사람도 멸종하게 될 수도 있겠다."

"어머니 생각에는 사람도 멸종할 수 있을 것 같아요?"

"지훈이는 어떻게 생각해?"

"지금처럼 산을 파괴하고, 쓰레기로 이 세상이 가득 차 버리면 언젠가는 사람도 멸종할 수 있을 것 같아요."

아이의 말에, 나 역시 쓰레기로 가득 찬 세상에 한몫하고 있다는 생각을 하니 부끄러웠다. '사람이 태어나서 쓰레기를 만들고 가는 일은 있어도, 줄이고 가는 일은 없다'라는 말도 생각났다. 앞으로 어떤 삶을 살아야 할지 고민이 깊어졌다. 10년, 20년 후의 미래에 대해서 생각해 본 적 없지만, 아이들이 맑은 공기와 푸른 하늘을 볼 수 있는 시간이 많았으면 좋겠다. 귀 기울여 듣지 않으면 들리지 않는다고, 작고 소중한 것이 사라지는 일은 없었으면 좋겠다. 개미와 벌, 이름 모를 벌레와 인간은 함께 살아가야 할 존재가 아닐까?

"어머니 우리 가족 멸종 도감 만들어 봐요."

"우리 가족 멸종 도감은 뭐야?"

"우리가 멸종한 이야기예요. 로운이는 귀여워서 멸종,

유진이는 잘 먹어서 멸종, 서빈이는 마음이 따뜻해서 멸종,

나는 엉뚱해서 멸종, 어머니는 왜 멸종했어요?"

　　나는 아름다워질 때가지 걷기로 했다.

지구는 지금까지 다섯 차례 대멸종을 겪었어요. 빙하 확장, 운석 충돌, 대륙 이동, 화산 폭발 등의 이유였어요. 그리고 지금 우리는 여섯 번째 대멸종을 겪고 있어요. 우리가 대멸종을 걱정해야 하는 이유는 멸종의 마지막 주인공이 바로 인류이기 때문이에요. 우리 손으로 시작돼 결국 우리를 사라지게 만드는 거예요.

인류에 의해 대멸종이 진행되고 있는 지금의 지질 시대를 '인류세'라 불러요. 인류세를 조금이라도 늦추기 위해서는 생태계를 보전하려는 인류의 노력이 필요해요.

'당신은 어떤 이유로 멸종되었습니까?'

02
—
머리가 아니라
몸이 하는 일

오랜만에 느껴보는 아침의 상쾌함이었다.
피부로 느껴지는 차가운 새벽 공기를 뼛속까지 들이마셨다.

운동화 끈이 풀어지지 않도록 단단히 묶고 현관을 나섰다.
일주일째 아침 운동을 하며 달리고 있다. 앞으로 나아갈 때마
다 마주치는 푸른 나무와 잎을 틔우는 새싹, 말없이 떠오르는
햇살이 나를 깨운다. 말이 없는 그들이 좋다. 푸른 하늘과 맑은
공기, 살아있음이 느껴진다. 단단한 나무에 구멍을 파고 있는
딱따구리 소리, 목청껏 짖어대는 개들이 내가 지나가고 있음
을 알려준다. 오랫동안 잊고 지냈던 나를 만나는 시간이다. 엄
마가 아닌 한 사람, 누구의 아내가 아닌 한 사람이 되는 시간이
다. 땀에 흠뻑 젖은 몸을 씻어낸 후 엄마, 아내의 자리로 돌아
왔다.

"어머니~ 내일은 저도 같이 뛸래요."
"저도요. 아침에 꼭 깨워주세요."

봄의 아침은 일찍 시작되었다. 조용히 나서려는데 지훈이와 서빈이가 따라나섰다. 파이팅을 외치고 따라 뛰었지만, 속도는 점점 느려졌다. 아이들 보폭에 맞춰 함께 달리며 아이들을 응원했다.

"어머니~ 종이컵이 있어요."
"여기 생수병도 있어요."

아이들 보폭에 맞추다 보니 나무 아래, 마늘밭 주변 도로에 굴러다니고 있는 쓰레기가 눈에 들어왔다. 바람에 날려 자리만 옮겼을 뿐 지난주에도, 그저께도, 어제도 보았던 그 쓰레기였다.

'아무도 줍지 않으면 우리가 주우면 되지.'

다음날부터 장갑을 끼고, 에코백을 어깨에 걸고 뛰었다. 어제 보았던 종이컵과 생수병, 농사일을 할 때 사용했던 목장갑, 유리 음료병 등을 가방에 하나, 둘 주워 담았다. 아이들은 킥보드를 타고 앞서 달리다가 쓰레기가 있는 곳을 알려주었다. 다음 날도, 그다음 날도, 우리는 크게 다르지 않은 아침을 맞이했다. 숨 가쁘게 뛰다가 쓰레기를 줍기 위해 몸을 굽히는데, 순간적으로 많은 생각이 머릿속을 스쳐 갔다.

"쓰레기 줍고 다닌다면서?"
"아이들이 진짜 쓰레기 줍는 거 맞아요?"

"환경 운동가도 아니면서 왜 그래?"
"혼자 변한다고 세상이 변하는 것 같아?"
"아이들은 무슨 고생이고?"

우연히 알게 된 사람들 혹은 피를 나눈 사람들이 무심하게, 때로는 아무렇지도 않게 던졌던 말이 생각났다. 그들의 말과 눈빛이 떠올랐다. 그리고 아주 가끔씩 떠올렸던 질문도 생각났다.

'나는 왜 쓰레기를 주울까?'

아침 운동을 하며 쓰레기를 줍는 일에 대해 대단한 긍지가 있는 것은 아니다. 그렇다고 부끄러운 것은 더더욱 아니다. 지금 당장 세상이 변하지 않더라도 그저 내가 좋아서 하는 일들이다. '나'라도 움직여서 '내가 지나다니는 길목'만이라도 깨끗한 길이 되기를 바라는 것뿐이다. 그 길을 지나가는 사람들이 조금 더 오래 시선이 머물고, 자연의 소중함을 알아차리기를 바라면서 말이다.

머리가 아닌 몸이 하는 일에 무슨 이유가 필요할까. 그저 떠오르는 순간만이 있을 뿐이다. 아침의 상쾌함, 딱따구리와 동네의 개, 아침 햇살 속에 떨어져 있는 쓰레기들과 나의 관계는 충분히 완벽했다.

03
—
우리는 쓰레기만
주웠을 뿐인데

'저거 주워야 하는데.'

쓰레기 줍기가 얼마나 중독성이 강한지 길을 걸어도 쓰레기만 보이고, 쓰레기가 사라질 때까지 시선을 떼지 못했다. 아침 운동하며 지나쳐 온 작은 담배꽁초가 마음에 걸렸는지 서빈이가 먼저 이야기를 꺼냈다.

"어머니, 할아버지들 모이는 큰 나무 아래 있죠? 운동 갈 때 보니깐 담배꽁초가 너무 많던데 오후에 청소하러 가면 안 돼요?"

"담배꽁초가 흙에 들어가면 담배꽁초에서 나오는 미세 플라스틱 우리가 다 먹어야 하잖아요. 우리 텃밭에 사는 땅강아지들 담배꽁초 먹어서 죽으면 어떻게 해요."

'좋은 계절'을 핑계로 남편에게 막내를 부탁하고, 세 아이와 함께 키가 큰 느티나무 아래 평상을 향해 걸어갔다. 나무 밑에 드리워져 있는 그늘 아래, 할아버지 세 분이 이야기를 나누며 담배를 피우고 계셨다.

"할아버지들 안 계실 때 와서 청소해야겠어."

하지만 아이들은 내 말을 듣지 못했는지, 아니면 땅강아지를 구해야겠다는 마음에서인지 벌써 나무 아래로 뛰어가고 있었다. 떨어진 돈이라도 줍는 것처럼 꽁초를 줍는 아이들의 손길은 재빨랐다. 그러고는 씻어 말려둔 생수병에 집게로 꽁초를 주워 담았다. 아이들의 갑작스러운 출현으로 할아버지들께서 황급히 담배를 끄시더니, 담배꽁초를 어디에 버려야 할지 몰라 우물쭈물하셨다.

"이제 담배를 끊어야겠다."
"담배 피우는 게 부끄럽네."

할아버지들께서 담배꽁초를 줍는 아이들을 피해 멀찍이 물러나시면서 말씀하셨다. 얼마나 흘렀을까. 아이들은 쪼그려 앉아 평상 아래 담배꽁초의 흔적을 모두 정리했다. 다음 날 아침 운동을 하러 갔을 때, 평상 아래에는 담배꽁초가 보이지 않았다. 그다음 날에도, 그다음 날에도. 느티나무 평상 아래에 담배꽁초가 사라졌다.

"어머니, 우리는 쓰레기만 주웠을 뿐인데 세상이 조금씩 바뀌는 것 같아요."

집으로 돌아오는 길, 어제보다 더 건강하고 나은 사람이 되

어간다는 느낌이 들었다. '작은 행동의 힘'이 느껴지는 날이기
도 했다. 햇살과 바람이 더할 나위 없이 충만했다. 모든 게 제
법 좋았다.

04

미안함과 불편함이
가득했던 밥상

"삐악."

"삐악, 삐악."

마당이 작은 병아리 소리로 꽉 채워졌다. 강아지를 기르고
싶다면서 노래를 부르던 아이들이다. 강아지는 예방 주사, 산
책, 목욕도 시켜줘야 하고 손이 많이 갈 것 같아 강아지 대신
병아리를 키워보기로 했다. 2일, 7일에 열리는 오일장으로 갔
다. 커다란 공터 주차장에 주차하고 병아리 파는 곳으로 갔다.
지나가는 길에 "낑낑"거리며, 살랑살랑 꼬리를 흔드는 작은 강
아지들이 보였지만, 이미 병아리에게 마음을 빼앗긴 아이들은
눈길조차 주지 않았다. 각자 한 마리씩 마음에 드는 병아리를
구입하기로 했다. 윤기가 반짝반짝 나는 털을 가진 실크 오골
계, 한눈에 봐도 튼튼하게 생긴 토종닭, 달걀에 오메가3가 듬
뿍 들었다는 청계까지 암컷 병아리 세 마리를 선택했다.

"알은 언제 낳아요?"

"두 달 있으면 낳아요."

"뭐 먹여야 해요?"

"저기 가면 트럭이 있을 건데 거기 가서 사료 사면 돼요. 트럭 아저씨 2시 되면 다른 데로 이동하는데…… 지금 차 갔는지도 모르겠네."

시계가 두 시를 향하고 있었다.

"애들아. 닭 사료 사야 하니깐 병아리 상자 잘 들고 뛰어가자."

다행히 사료를 팔던 트럭 아저씨가 출발하려고 할 때 도착한 우리는 닭 모이용 사료 한 포대를 사 왔다. 한 포대 10kg. 덩치 큰 개가 먹는 사료 같았다.

"여보~ 병아리들 사료 너무 큰 거 산 건 아닐까? 쟤들이 먹어봐야 얼마나 먹겠어."

"몇 년 걸리겠지"

"근데 닭이 사료 먹어? 쌀이랑 야채랑 벌레 같은 거 먹지 않아?"

"우리가 너무 급하게 결정했네. 검색이라도 한번 해봤어야 했는데……"

"우리 초등학교 다닐 때 학교 앞에서 병아리 팔았는데… 키워본 적 있어?"

"나는 길러본 적 없는데, 여보는 있어?"

"나는 딱 한 번 길러봤는데 200원인가 주고 사 왔는데 며칠 안 가서 죽었어. 쟤들도 아마 금방 죽을지 몰라. 병아리들이 예민하다고 들었어."

"맞아. 친구들이 병아리 샀는데 금방 죽었다고 얘기했던 기억이 나네."

벌써부터 걱정이 되었다. 병아리들이 잘 클 수 있을까?

아무 준비 없이 데리고 온 병아리들이었지만, 차가운 시멘트 마당에 풀어 둘 수 없어 넓은 상자로 옮겨 주었다. 물과 사료를 넉넉히 부어주고, 무릎이 찢어진 아이들 내복을 깔아 폭신한 잠자리를 마련해 주었다. 병아리는 예민하다는 말과 함께 가만히 눈으로 바라보라고 얘기했지만 소용없었다. 아이들은 시간이 날 때마다 병아리들이 밥을 먹었는지, 잘 놀고 있는지를 확인하기 위해 수시로 마당을 들락날락했다. 병아리 털을 쓰다듬어주다가 한번 안아보고, 또 안아보고, 품에 안아 노래를 불러주기도 했다.

곁에서 아이들의 모습을 지켜보는데, '루이'와 '별이' 생각이 났다. 보드라운 하얀 털을 가진 까만 눈의 몰티즈 강아지 두 마리, 내 인생의 절반을 함께했던 반려견이었다. 사춘기 시절 까만 두 눈을 바라보며 누구에게도 말 못 할 비밀 이야기를 털어 놓았던 '루이'와 '별이'는 가족이고, 가장 좋은 친구였다. 아이들이 병아리와 함께 하는 모습을 보니 한동안 잊고 지냈던 '루이'와의 옛 추억들이 새록새록 떠올랐다.

작은 병아리들은 쑥쑥 잘 자라주었다. 어설프게나마 마당 구석에 닭장을 만들어주었다. 닭이 날 수 있다는 생각을 못 하고 천장도 낮게 만들고, 공간도 크지 않았다.

"어머니, 닭들이 사료에다가 또 똥 쌌어요."
"물에다가 또 똥 쌌어요."

물과 사료를 넣은 그릇이 화장실인지 밥통인지 분간이 되지 않았다. 강아지는 배변 장소가 정해져 있었지만, 닭은 시도 때도 없이 장소 불문하고 실례했다. 자주 사료를 갈아주던 탓에 사료는 금방 바닥을 보였고, 매일 물청소를 했지만, 배설물 냄새를 맡으며 모여든 파리들로 현관문을 열어 놓기가 두려웠다. 닭을 기르면서 파리까지 함께 기르는 꼴이 되어버렸다. 예민해서 며칠 안에 죽을지도 모른다던 남편의 예언과 달리 두 달이 지났고, 곧 알을 낳을 수 있는 암탉으로 변했다. 토종닭은 마당에 꺼내 놓으면, 날갯짓을 하며 푸드덕 날아올라 담장 너머로 날아갈 기세였다.

"지훈아~"
"오빠야~"
다급한 목소리에 지훈이가 달려가 맨손으로 닭을 잡아 닭장에 넣어주었다. 닭은 이른 새벽, 늦은 오후, 어느 때든 상관없이 목청 자랑을 했다. 모래가 없는 바닥, 부실하고 비좁은 닭장은 훌쩍 커버린 닭들을 기르기에는 무리가 있었다. 결국 남편과 의논 끝에, 사육 환경이 더 좋은 곳으로 보내주기 위해 새로운 거처를 찾기로 했다.

"얘들아~ 우리 닭들을 조금 더 넓고, 편안하게 지낼 수 있는 곳으로 보내면 어떨까? 집에서 가까운 곳에 사는 할이버지께서 닭을 많이 기르시는데 거기서는 알도 편안하게 낳을 수 있을 것 같아."

아이들은 울먹거렸다. 아침저녁으로 눈을 마주치며 지내다보니 알게 모르게 닭과 정이 들었던 것이다. 힘들어하는 아이들을 며칠 동안 설득해 닭들을 보내주기로 했다. 강아지나 병아리처럼 사람과 똑같은 생명을 가진 동물을 기른다는 것은 즐거운 일이면서 책임이 따르는 일이다. 생명이 있는 것을 집안으로 들이면서 신중하지 못했음을 우리는 인정해야 했다.

그날부터 나에게 변화가 찾아왔다.

먹거리에 대한 인식이 바뀌었다. 처음부터 의도했던 변화는 아니었는데, 닭과 함께 보냈던 시간은 치킨이라는 음식을 새롭게 바라보도록 만들었다. 밥 대신 한 끼를 해결할 때면 우리는 늘 '치킨'을 먹었다. 금요일 저녁은 치맥(치킨과 맥주)으로 주말의 시작을 알렸고, 힘들었던 하루를 치맥으로 마감했다. 비틀스의 멤버 폴 매카트니가 "도살장이 모두 유리로 되어있다면 우리 모두 채식주의자가 될 것이다."라고 말했다는데, 그 마음이 이해가 되고도 남았다. 닭과의 교감을 경험한 나에게 치킨을 먹는 것은 어려운 일이 되었다.

지구에 사는 소중한 생명이 있는 것들을 지켜주고 싶어졌다.

생명이 있는 것에 대한 미안함과 불편함으로 가득했던 밥상
을 동물에게 덜 미안하고, 자연에 대한 고마움과 건강함이 넘
쳐나는 밥상으로 바꾸고 싶다는 생각이 들었다. 밥상에도 변화
가 필요했다.

05
나를 둘러싼
모든 것

　공익 활동으로 세 번의 플로깅 행사와 제로 웨이스트 관련 이벤트에 참여하면서 플로깅을 사람들에게 알리고 싶다는 마음이 생겨났다. 현장에서 만난 사람들의 긍정적인 목소리는 나를 설레게 했다. 그즈음, 매일 아이들과 아침 운동을 하며 쓰레기 줍는 사진을 SNS에 인증하고 있었다. 코로나의 여파로 환경 보호의 중요성에 대한 인식이 높아지고 있을 때 잡지와 신문사에서 연락이 오기 시작했다. 그리고 KBS방송국에서도 플로깅을 주제로 방송 촬영 제의를 받았다.

　TV 출연은 생각지도 못했던 일이라 가슴이 뛰었다. 촬영 장소는 잔디가 넓게 깔린 공원이었다. 아이들은 처음 본 촬영 카메라에 관심을 보였고, 어느 때보다 더 강한 집중력으로 공원의 작은 쓰레기들을 찾느라 여념 없었다. 긴장하고 있는 나와 다르게 아이들과 남편은 카메라 앞에서 떨지 않고, 리포터의 질문에 자연스럽게 대답했다.

"어머니, 진짜 TV에 나오는 거 맞아요?"

"신기하고 즐거웠어요."

꿈만 같은 하루하루였다.

"여보랑 아이들 덕분에 TV에도 나오고 재미있는 경험이었어. 세 사람이 모이면 세상이 바뀐다고 하더니, 세상을 바꿀 것 같은데?"

남편의 말에 기분 좋게 웃었다.

"스탠리 밀그램이라는 미국 심리학자가 뉴욕의 거리 한복판에서 실험을 했대. 한,두 사람이 길을 멈추고 먼 곳을 바라보면 아무도 관심을 갖지 않지만, 세 사람이 동시에 똑같은 하늘을 바라보니깐 곁을 지나가던 많은 사람이 걸음을 멈추고 같은 곳을 바라보았대. 혼자서는 관심을 얻고 세상을 바꾸기 힘들지만 세 사람이 함께 목소리를 내면 세상을 바꿀 수 있을 것 같아. 여보가 하는 일 응원할게!"

늘 말없이 동행하며 내가 하는 일을 지켜봐 주고, 사진사를 자청하는 남편의 존재가 새삼 감사했다. 아이를 키우며 내가 할 수 있는 일에 집중하고, 순간을 자그마한 행복으로 채우니 일상이 새롭게 느껴진다. 조용하게 실천하는 나의 일상을 값진 일이라 응원해 주는 가족을 믿고, 내가 하는 행동을 하찮은 일이라고 과소평가하지 않기로 다짐했다. 일상에서 행복을 소중히 가꿔나가면서 나는 매일 조금씩 단단해지고 있었다.

쓰레기 줍기로 '깨끗한 지구'를
사람들에게 선물하고 싶어요♥

나는 아름다워질 때가지 걷기로 했다.

06

우리가 지나간 길은
바뀌어요

〈풀무원재단〉과 함께하는 카카오 프로젝트 100의 리더를 맡게 되었다. 100일 동안 쓰레기 줍기를 하며 어린이들이 스스로 변화를 만들 힘을 길러주기 위한 프로젝트였다. SNS에 올린 플로깅 포스팅을 보고 연락이 왔고, 풀무원 재단과 〈제로 웨이스트. 대구〉팀이 만나 의논을 했다. 플로깅 전문가로 아이들에게 동기를 부여해주고, 댓글로 응원을 해주는 역할이었다.

"자경 씨가 플로깅은 전문이잖아요."
"매일 플로깅을 실천하고 있으니깐 적합할 것 같아요."

나는 관심 있는 일을 알아가는 것을 좋아하고, 생각보다 행동이 먼저 앞서는 사람이었지만, 앞에 나서서 뭔가를 한다는 것은 조심스러웠다. 하지만 제안을 받았을 때 가슴이 뛰었던 것도 사실이다. 예상치 못한 나의 감정에 스스로도 놀랬었다. 그런 내게 푸른 낙타 님과 줄리아 님은 용기를 북돋아 주었고, 나는 리더 역할을 수락했다.

"네, 한번 해볼게요."

코로나로 인해 환경 문제에 관심이 많아져서일까? 모집 인원 100명은 5일 만에 조기 마감이 되었다. 활동에 필요한 가방은 현수막 업사이클 제품으로, 택배 발송은 비닐 없이 물건만 발송해 달라는 나의 의견을 수용해 줍기 키트까지 제작했다. 매일 모두 잠든 밤, 아이들의 인증 사진을 보며 댓글을 달았다. '네 아이의 엄마'라는 자리에서 '나'라는 존재로 이동하는 순간이었다. 일상의 틈을 비집고 만든 그 시간은 '나'를 내 인생에서 쓸모 있는 사람이 될 수 있도록 이끌어 주었다.

[하루에 한 번 100일 동안 지구를 생각하는 마음으로 시작했어요.]
[긴 시간이지만 아이들에게 좋은 경험이 되길 바라며 신청했어요.]
[아이들이 진짜 엄청 재미있다고 하네요. 쓰레기를 줍는 게 신나는 놀이가 되어서 이제 심심하면 쓰레기 줍자고 할 것 같아요.]

아이들을 재운 후, 댓글과 사진을 확인하고 나면 항상 새벽이 되었지만 즐거웠다. 인증 사진 속 아이들을 바라보기만 해도 미래의 깨끗한 지구가 눈앞에 그려졌다. 100명의 아이들과 만남은 매일 밤 광활한 우주를 유영하는 기분을 선물해주었다.

[매일 지나다니던 길인데 이렇게 쓰레기가 많은 줄 몰랐어요.]

[담배꽁초가 왜 이렇게 많이 버려졌냐는 아이들 말에 너무 부끄러웠어요.]

[해변에서 유리조각과 낚싯 바늘이 보여 속상했어요.]

[코로나로 인해 일회용 마스크 쓰레기가 많이 보여요.]

[아이들의 미래가 걱정이 되네요. 일회용 플라스틱이 늘어나서 걱정이네요.]

각자 서로 다른 곳을 향해 살아가고 있는 듯했지만, 모두 다가올 아이들의 미래를 위해 애쓰고 있었다. 지구를 보호하고 싶다는 삶의 냄새가 느껴졌다.

[외식이 어려워 배달 음식을 많이 먹었는데 이제는 배달음식 줄이기로 했어요.]

[일회용 마스크 대신 면 마스크 샀어요.]

[아이가 아빠한테 담배꽁초 아무 데나 버리지 말라며 잔소리를 시작했어요.]

100일 동안 소통, 관계, 지구를 위하는 마음까지 중요한 가치를 공유했다. 플로깅은 코로나바이러스보다 전염성이 강했고 생각보다 쉽게 선순환되고 있었다. 나를 포함한 많은 사람들이 프로젝트 참가로 바뀌었을 뿐만 아니라, 다른 사람의 삶을 바꾸기도 했다. '쓰레기 줍기'가 삶을 풍요롭게 만들 수 있

나는 아름다워질 때가지 걷기로 했다.

다는 사실이 새삼 놀라웠다.

[쓰레기를 주우며 아이와 매일 이야기 나눌 수 있어서 좋았어요]

[계절 따라 바뀌는 자연을 온몸으로 느낄 수 있었어요.]

[열심히 실천하는 멤버들을 보며 하나씩 습관을 바꿔가고 있어요.]

[무심코 생산하는 쓰레기에 대해 큰 경각심을 피부로 느끼게 되었고, 모두 함께 할 수 있는 환경 보호에 고민하며 진심 어린 관심을 가지게 되었어요.]

[내 아이들을 보며 쓰레기를 버리지 않아야겠다는 다짐과 자연스럽게 쓰레기를 보면 주워야겠다는 생각을 가지는 시간이었어요.]

100일 프로젝트를 무사히 마치며, 어느 날 무심코 한 행동들이 언젠가는 그 모습을 드러낼 것이라는 사실을 믿게 되었다.

온라인상이지만 서로 응원하고 다독여 주는 대화 속에서 마음이 푸근해지고 따뜻해지는 것을 느꼈다. 함께하는 작은 기쁨 속에 서로 끊임없이 영향을 주고받으며, 이 일을 통해 타인에게 다가서기 어려웠던 내가 '잘 할 수 있는 일'을 발견했다. 내가 아는 것을 알려주고, 서로 도움을 주고받는 특별한 경험이었다.

나만을 위해 삶을 살았던 내가, 모두를 위한 삶으로 나아가고 있었다.

2020년 겨울의 따뜻함과 충만함은 오랫동안 기억될 것 같다.

일단 줍고 보자.

춥다고 핫팩을 내 몸처럼 지니고 다니더니

식으면 아무렇게나 버리는 사람들.

온도가 1.5도가 더 올라가서, 더 뜨거워지면,

지구도 버릴 수 있을까.

지구는 일회용이 아니다.

두 번째 지구는 없다.

07
—

플로깅하는
엄마

중학교 2학년, 점심을 먹고 나면 매일 고무줄뛰기를 했다. 8명의 친구들이 친했는데, 부반장이었던 지현이는 유독 고무줄뛰기를 잘했다. 작은 키가 무색할 정도로 다리를 쫙쫙 벌리며 고무줄뛰기를 하곤 했다. 지현이 집에도 자주 놀러 가고 친하게 지냈다.

학교에서는 월요일마다 짝을 바꿨다. 월요일에는 마음에 맞는 친구와 짝을 할 수 있었다. 지현이는 8명의 친구 중에서 한 명을 짝으로 선택했다. 어떤 날은 반장과 함께, 그다음 주는 또 다른 부반장, 그다음 주는 내가 짝이 되곤 했다. 지현이는 다정했고 친절했지만, 한번 토라지면 마음을 풀어주는 일이 쉽지 않았다.

그런데 무슨 마법처럼 지현이랑 짝이 되었던 아이는 그다음 주에는 외톨이가 되었다. 나머지 친구들은 외톨이가 된 아이에게 말을 걸지 않았다. 누군가가 시킨 것도 아니었다. 그런데 외톨이가 된 아이에게 말을 걸었다가는 다시는 지현이랑 짝이 될 수 없었고, 다음에 자기도 외톨이가 된다는 것을 모두 알고 있었다. 언제 어느 때 지현이의 선택을 받을지, 또 외톨이가 될지 아무도 몰랐다. 누구도 왜 그러냐고 묻지 않았다. 혼자가 되지 않기 위해 서로 눈치만 살피며 조용히 지냈다. 무슨 말이라도 했다가 외톨이가 될까 봐 무서웠는지도 모르겠다.

어느 날, 키가 제일 큰 친구가 말했다.
"지현이한테 따돌리지 말자고 얘기하자!!"
"그래 ~ 좋아! 점심 때 등나무 밑에서 모여서 우리 한마디씩 하자."

점심시간이 되었다. 밥이 잘 넘어가지 않았다. 입으로 먹었는지, 코로 먹었는지 힘들게 점심을 먹고 등나무에 모였다. 지현이는 여전히 당당하고 짜증스러운 목소리였다.

"왜? 뭔데?!"
".........."
"뭐냐니깐..."
".........."

몇 분이 흘렀는지 모르겠다. 지현이에게 말하자고 했던 키 큰 친구는 한마디도 없었다. 함께 놀던 반장도, 또 다른 부반장도 침묵했다.

"야! 지현이 너 말이야."

그다음은 잘 기억나질 않는다. 내가 무슨 말을 했는지. 지현이랑 친했었고, 항상 조용했던 내가 따지듯이 얘기하는 모습에 모두 놀란 눈빛이었다. 지현이는 말없이 듣고만 있었다. 그리고 조용히 눈물을 흘렸다.
'내가 무슨 짓을 한 거지?'

하필 그때 내가 지현이의 짝이었다. 지현이는 옆자리에 앉아 계속 울고 또 울었다. 얼른 다음 주가 되길 바랐다. 혹시 혼자가 될지 모른다는 두려움이 앞섰지만 후회되지는 않았다. 하지만 지현이는 그날 이후로 누구도 따돌리지 않았다.

따돌림이 멈춰졌다.
나는 그때 알았다.
우리들의 강한 침묵이 지현이의 따돌림을 찬성하고 있었다는 사실을.

조금씩 침묵을 깨고 목소리를 내어보고 있다. 아이들을 키우면서 환경에 관심이 생겼고, 삶의 태도를 바꾸면서 가치관도 바뀌었다. 지금껏 삶의 많은 부분을 침묵하며 살아왔지만 쓰레기를 줍는 일에 대해서만큼은 목소리를 내고 싶어졌다.

지정된 날짜에 쓰레기를 내놓으라는 규칙과 상관없이 여기저기 쓰레기를 버리면서 거리가 온통 쓰레기장으로 변해가고 있다. 오늘도 나는 누군가가 버린 쓰레기를 조금씩 줍고 있다. 쓰레기를 버리는 일에 침묵하지 않고, 줍는 일에 동참하여 '작은 변화'의 움직임을 시도해보고 있다. 나의 행동이 지구가 조금이라도 깨끗해지는 일에 보탬이 되었으면 좋겠다. 이런 나의 믿음만큼은 일회용이 아닌 친환경용으로 오래 남았으면 좋겠다.

08
—

길에서 행복을
찾아내다
'더 파란 길'

2020년 11월 넷째가 첫돌을 맞이한 날. 우리는 강원도 고성으로 이동했다. 고성에서 부산까지 이어진 해파랑길을 걸어보기로 계획을 세웠다. 우리 가족의 두 번째 도보 여행이었다.

첫 도보여행은 제주도를 떠나기 전, 14일 동안 제주도를 한 바퀴 걸으며 여행했다. 첫째는 네 발 자전거, 둘째는 킥보드, 셋째는 유모차를 타고 걸었다. 아이들과 함께 한 도보 여행은 목적지로 가는 과정 동안 스스로 경험하고 즐거움을 찾았으면 하는 바람에서 시작했다. 길 위에서 우리는 행복했고 많은 추억을 만들었다. 차를 타고 다녔으면 놓쳤을 법한 것을 발견하는 시간이었다.

영천에 와서도 여행을 했지만 만족스러운 여행은 아니었다. 차를 타고 이동한 후 유명한 맛집에서 밥을 먹고, 한 번쯤 가봐야 한다는 여행지에서 사진을 찍고 돌아오는 여행에 흥미를 잃어가고 있었다. 아이들도 아쉬웠는지 자주 도보 여행을 가고 싶다고 얘기했다.

　내복 한 벌과 여벌 바지, 양말과 속옷, 세면도구와 여분의 면 마스크를 넣은 배낭을 각자 하나씩 짊어지고 두 번째 도보 여행을 시작했다. 우리에게 허락된 소유물의 양은 각자 짊어질 수 있는 만큼이었다. 이유식을 만들고 식사를 해결해 줄 압력 밥솥과 요리에 필요한 소스, 수저, 스테인리스 용기는 유모차 아래 바구니에 실었다.

　아침과 저녁은 숙소에서 밥을 직접 지어 먹었다. 여행을 하는 동안, 무리하지 않게 걸었고, 먹는 일에 시간을 아끼지 않았다. 손수 지은 밥을 먹는 것은 긴 여행에서 몸을 돌보는 방법이었다. 주로 하나로 마트를 이용했는데, 그곳의 로컬 푸드 코너에는 가까운 거리에서 생산된 제철 채소와 그 지역에서 생산된 농산물이 있었다. 지역 농산물은 '탄소 발자국'이 적고 무엇보다도 신선했으며, 생산자에게도 이익이 되는 방식이었다. 음식을 제때 조리해서 먹었고, 음식을 남기는 일이 없었기에 음식물 쓰레기는 거의 나오지 않았다. 걷고 난 후 갓 지어 먹은 밥은 별다른 반찬이 없어도 언제나 꿀맛이었다.

　아이들과 함께 더 자주 웃었다. 더 건강해지고, 작은 것들에게 더욱 감사한 마음으로 가득한 시간이었다. 급할 것도, 걱정할 것도 없는 일상은 함께 시간을 보내는 것만으로도 삶을 풍성하게 바꾸어 주었다. 동해 바다를 바라보면서 남쪽으로 걸어

가는 길은 평범한 하루를 단숨에 특별하게 만들어 주었다. 인생에서 슬픈 날이 있으면 기쁜 날도 있고, 괴롭고 고통스러운 날이 있으면 즐겁고 행복한 날이 있는 것처럼, 도보 여행이 딱 그러했다. 계단과 숲을 지나갈 때면 유모차는 큰 짐이 되었다. 그때마다 집안 가득 채운 물건들이 떠올랐다. 냉장고 속 가득 찬 먹거리, 만약을 위해 준비해둔 생활용품, 저렴하다고 미리 사놓았지만 언제 입을지 모를 옷가지들. 정작 길 위에서 우리는 많은 것이 필요하지 않았다. 물과 음식만 있어도 충분했다.

'여전히 너무 많은 것을 짊어지고 살고 있었구나.'

한때 나도 넓은 집, 유명 브랜드의 자동차, 나를 빛나게 해 줄 물건을 더 많이 갖는 것을 목표로 살았다. 값비싼 물건을 소유하는 것이 멋진 삶이라고 믿었다. 타인을 지나치게 의식했던 과거의 시간을 떠올려보면 작고 초라하기 짝이 없었다.

자동차를 타지 않고 걷는 여행을 통해 건강은 물론 환경까지 지킬 수 있다는 사실을 깨달았다. 자신만의 보폭에 맞춰 걸으며, 우리는 성장의 폭을 넓혀나갔다. 서로의 울타리 안에서 힘차게 노래를 부르고, 걷는 내내 대화를 하며 마음의 거리를 좁혀 나갔다. 천천히 걸으면서 나를 되돌아보고 앞으로의 삶에 대해 생각했다. 함께 걷는 것만으로도 힘이 되었고, 풍족한 하루였다.

물건으로부터의 해방으로 시간과 마음의 여유를 되찾고, 환경을 보호하는 일에 관심이 생기기 시작하면서 자연에 대한 존중감도 갖게 되었다. 불필요한 물건을 줄이고 삶이 조금 더 건강해지는 여행법을 선택했을 뿐인데, 우리는 더 많이 건강했고, 더 많이 행복했다.

"어머니, 해파랑길은 너무 아름다운데 사람들이 왜 쓰레기를 많이 버렸을까요?"
"우리가 걸어가면서 청소하면 어떨까요?"

아이들과 걷는 시간은 아름답고 감동적이었다. 바다와 자연, 나아가 지구를 지키기 위한 아이들의 마음을 담아, 해파랑길을 걷는 동안에도 쓰레기를 주웠다. 줍는 쓰레기 보다 지나치는 쓰레기가 더 많았지만, 적어도 우리가 지나간 길은 조금 더 깨끗해지길 바랐다.

"어머니, 해파랑길 말고 남파랑길도 있어요?"
"응. 남파랑길은 있어."
"그러면 더 파란 길은요?"
"더 파란 길은 없는데."
"그러면 우리가 지나간 길은 깨끗해지니깐 더 파란 길로 이름 지어요."

서빈이의 말에 지나온 길을 뒤돌아보며 그곳을 스친 우리의 흔적을 살펴보았다. 25일간 지나온 길은 그전보다 깨끗해지고 있었다. 우리가 지나온 길을 보며 아이들의 미래를 생각하지 않을 수 없었다. 아이들이 살아갈 미래에는 자연과 인간, 동물, 지구상의 모든 살아있는 것들이 조화를 이루는 세상이었으면 좋겠다. 우리가 걷고 있는 이 길이 미래에도 존재할 것이라고 믿고 싶다.

'더 파란 길'에서 아이들이 살아갈 깨끗한 미래를 상상해본다. '더 파란 길' 위에서 행복을 찾는 사람들이 많아지기를 소망해본다.

09

생일이라서
쓰레기 줍는 거야

새벽녘에 내린 비로 눈이 부실 만큼 아침 햇살이 빛나고 있었다. 아이들의 웃음소리와 이웃집 강아지들이 정겹게 짖어대는 소리를 들으며 앞으로 달려 나갔다. 가쁜 숨을 고르며 허리 굽혀 비바람에 날린 쓰레기를 주워 담았다. 함께 뛰어가던 지훈이가 멈춰 섰다.

"어머니, 여기 좀 보세요. 달팽이가 있어요."
"밤에 비가 내려서 달팽이가 나왔나 보다."
"어머니, 달팽이 안 밟게 조심히 지나가요."

사뿐사뿐 달팽이를 피했는데 돌아서니 또 달팽이가 기어가고 있었다.

"어머니, 여기도 있어요. 여기도."
"또 여기도 있어요. 오늘 달팽이들 이사 가는 날인가 봐요."

여기저기 삭고 삭은 달팽이로 인해 발 디딜 틈이 없었다. 가만히 멈춰 저마다의 속도로 움직이는 달팽이를 바라보았다. 등에 짊어진 달팽이의 집이 마치 지난날의 내 모습 같았다. 해야 할 많은 일들, 걱정, 소비로 인해 몸과 마음이 지쳐있었던 시간이 떠올랐다.

"어머니, 저기 좀 보세요. 아버지가 쓰레기를 줍고 있어요."
"여보~ 갑자기 왜 쓰레기를 주워?"
"오늘 내 생일이잖아. 생일이라서 쓰레기 줍는 거야."
"오늘은 여보가 지구를 깨끗하게 만드는 거야? 멋있다."
"아버지, 모든 사람들이 자기 생일 하루만이라도 쓰레기를 줍는다면 지구는 얼마나 깨끗해질까요?"

내가 지나가는 길이 아름다워 보일 때까지 허리를 굽히고 또 굽혀 작은 소망의 씨앗들을 심어 본다. 내 행동의 씨앗들이 바람에 날려 지금보다 깨끗한 세상이 될 것 같은 희망에 살며시 미소가 지어졌다.

나는 아름다워질 때가지 걷기로 했다.

오색달팽이 플로깅(PLOGGING)이야기

플로깅(plogging)은 스웨덴어의 줍다(plocka upp)와 영어의 달리기(jogging)를 합성한 말로 걷거나 뛰면서 길에 버려진 쓰레기를 줍는 활동을 말해요.
줍깅은 '쓰레기 줍기'와 가볍게 달리는 '조깅'을 합한 우리말이에요.

우리 가족은 걷는 것을 좋아해요.
매일 동네를 산책하고, 시장을 가며 걷는 시간을 즐겨요. 집에서 나갈 때는 종량제 비닐이나 쓰레기를 담을 수 있는 가방을 항상 들고 다녀요. 일회용 장갑 사용으로 쓰레기를 하나 더 늘리기보다는 재사용할 수 있는 장갑이나 집게를 이용해요.

아침 운동을 할 때는 뛰어가면서 쓰레기를 줍지만, 가족과 함께 하는 길에서는 걸으면서 주워요. 어떤 날은 한 개만 줍기도 하고, 또 어떤 날에는 종량제 비닐을 넉넉히 챙겨 나가 그동안 줍지 못한 쓰레기들을 줍기도 해요. 50리터나 100리터 종량제 봉투를 가득 채우기도 해요.

쓰레기를 줍는 동안 아이들과 많은 이야기를 나누어요.
환경 이야기, 자연 이야기, 곤충 이야기 등.
생활 속에서 자연스럽게 환경과 자연에 대해 얘기를 나누고 있어요.

　나무에 달린 현수막 끈 제거하기, 담배꽁초만 줍기, 캔만 줍기, 플라스틱만 줍기, 등 지루하지 않게 게임하듯 날마다 다른 쓰레기 줍기로 재미를 더하기도 해요. 시간과 장소를 구애받지 않고 언제, 어디서든 할 수 있는 취미 생활이라고 할 수 있어요.

　중요한 것은 많이 줍는 것이 아니라 '생활 속 쓰레기를 줄이고, 버리지 않는 습관, 줍는 습관'을 만드는 데 있어요. 주위를 둘러보세요.

　버려진 쓰레기가 있다면 지금 바로 실천해 보는 건 어떨까요?

나를 위해 달리는 시간
아이들도 나를 보며 자라겠지
쓰레기가 돈이 될 수 있다는 사실
아주 작은 습관의 힘
식탁에서 지키는 지구
우리는 자연의 일부

Chapter 5

스며들다

01
나를 위해
달리는 시간

중학교 3학년이었던 나는 엄마 손을 잡고 한의원으로 향했다. 당시 겨울이라도 타이즈를 신지 않고 맨다리로 교복 치마를 입고 다니는 게 유행이자 멋이었다. 유행에 민감한, 사춘기 소녀였던 나는 유행을 따르다가 수족냉증에 걸렸고, 월경마저 불규칙해졌다. 얼마 없는 앞머리를 길러 벗어진 이마를 살짝 가린 한의사가 진맥을 잡았다. 왠지 믿음이 가지 않는 외모였다. 몸을 따뜻하게 하라는 수학의 정석 같은 말을 해주면서 나는 살이 잘 찌는 체질이라고 말했다. 임신을 하면 살이 찌는 체질이라는 말을 몇 번이나 강조했다.

'임신해서 살이 안 찌는 사람이 어디 있어? 살찌는 게 당연하지!'

혼잣말을 하며 한의원을 나섰다. 돌팔이 한의사라고 생각했지만 지어온 한약은 꼬박꼬박 챙겨 먹었다.

아주 오랜 시간이 흐른 뒤 결혼을 하고, 임신을 했다. 입덧이 심했다. 다른 사람들은 먹는 냄새만 맡아도 구역질을 한다는데 오히려 나는 먹지 않으면, 그러니까 한순간이라도 입안에 먹을

게 없으면 구역질이 났다. 일명 '먹덧'이었다.

첫째를 임신했을 때 결혼 전 몸무게보다 16kg 늘었다. 수유를 위해 미역국도 한 그릇씩 뚝딱했고, 간식도 틈틈이 챙겨 먹었다. 아이를 돌보는 일도 처음이고, 집안일도 서툴러 임신으로 찐 살은 아이를 낳고 금세 빠져 연애 시절 몸무게로 돌아왔다. 둘째 때는 23kg, 셋째 때는 28kg가 쪘다. 역시 입덧이 심했고, 나는 정신없이 먹기 시작했다. 먹어야 임신 시기를 잘 이겨 낼 수 있었기에 계속 먹어댔다.

"임신하면 살이 많이 찌는 체질입니다."라고 말했던 한의사 이야기가 생각났지만, 이때가 아니면 마음 편하게 먹을 수 있는 기회가 없을 거라는 생각에 정말 마음껏 먹었다. 넷째는 앞자리가 세 번이나 바뀌었다. 아이들이 찍어준 사진 속의 내 모습은 마치 북극에서 먹이를 찾지 못해 어슬렁거리며 마을로 내려온 북극곰 같았다.

'정말이지 이대로는 안 되겠다. 운동이나 굶는 다이어트라도 시작할까?'

사실 집안일을 하면서 아이를 돌본다는 게 말처럼 쉽지 않다. 오죽하면 '일하러 다니지, 애는 안 본다.'라는 말이 있을까. 거기에 운동이라니! 스물네 시간 아이들과 함께 붙어있는 상황에서 운동이라는 단어는 나에게 먼 나라의 이야기처럼 들렸다.

결혼 전에는 스쿼시도 배우고, 핫 요가도 다녔다. 수영, 아쿠아로빅, 무에타이, 헬스장도 할인까지 받아 가며 신청한 후 운동을 다녔다. 체력을 기르고 싶어서, 다이어트를 하고 싶어서, 친구 따라 운동을 다니기도 했었다. 하지만 일이 생겨서 하루를 빠졌다. 하루를 빠지니 이틀을 빠지게 되었고, 일주일을 빠지니 한 달 빠지기는 일도 아니었다. 할인을 받고 좋은 기회를 잡았다고 생각했는데 실은 체육관 운영비에 도움을 주는 사람이었다. 희한하게 운동을 하러 가려고 하면 비가 오고, 바람이 불고, 약속이 생겨났다. 무엇보다 운동에 대한 간절함이 없었다는 게 가장 정확할 것 같다.

그런데 넷째를 출산한 후에는 조금 달랐다. 살을 빼고, 건강해지고 싶은 마음이 간절했다. 그런 마음이 가득했던 어느 아침, 나는 무작정 뛰었다. 동네 한 바퀴, 10분을 뛰기도 했고, 2km, 5km, 그날의 컨디션에 따라 속도를 조절하여 달리기를 했다. 쓰레기를 주워가면서. 플로깅을 하고 얼마 지나지 않아 세 번 변했던 앞자리는 다시 제자리를 찾았고, 결혼 전과 비슷한 몸무게로 되돌아왔다.

플로깅은 나에게 건강함을 선물해 주었다.

지금까지 운동은 돈과 시간을 쪼개서 해야 한다고 생각했다. 하지만 매일 아침 10분, 20분, 나를 위해 움직였던 작은 시간들이 큰 변화를 안겨주었다.

'작은 시간의 꾸준함'이라는 해결책을 알게 된 덕분에 건강함을 되찾을 수 있었다. 매일 아침 나를 위해 달리는 시간은 무엇보다 소중하고 애틋하다.

02
―
아이들도 나를 보며
자라겠지

이불 아래에서 일어날까 말까 계속 고민하다가 '오늘은 쉬어
야겠다.'라는 생각으로 방문을 열고 나갔다. 운동 갈 준비를 마
친 채 지훈이가 활짝 웃으며 서 있었다. 지훈이에게 "오늘은 쉬
어야겠다."라고 얘기하면 실망할 것 같아 곧바로 옷을 갈아입
고 길을 나섰다. 꽃의 인사를 받으며 뛰어나갔다. 킥보드 타고
달리는 지훈이를 따라가면서 빠르게 쓰레기를 주웠다. 담뱃갑,
물티슈, 생수병, 마스크. 달리는 동안에는 가벼운 것만 주웠
다. 오늘따라 속도가 나오지 않았다. 사실 동네를 뛰고 돌아오
면 너무 상쾌하지만, 페이스를 찾을 때까지는 다리도, 몸도 천
근만근일 때가 많다. 포기하고 싶은 마음이 굴뚝같았지만, 함
께 달리는 지훈이의 신이 난 얼굴을 보니 차마 그럴 수 없었다.

'내가 이렇게까지 꾸준하게 해왔던 일이 있었나?'
달리는 동안 여러 생각이 머릿속에 떠올랐다. 학습을 위한
학원, 취미로 배우던 모든 것, 그중에서 지금까지 하고 있는 것
은 하나도 없었다.

'누가 강요한 것도 아닌 플로깅은 왜 이토록 오래 하고 있을까?'
'왜 매일 하고 있는 걸까?'

　문득 어릴 적 엄마 모습이 떠올랐다. 태양이 좋은 날, 마당에 앉아 혼자 소꿉놀이를 하고 있었다. 놀다가 고개를 들어보면 엄마는 방문을 활짝 열어놓고 앉은 채 언제나 같은 자리에서 두 손에 책을 들고 계셨다. 엄마는 나에게 "공부해라", "책 좀 읽어라" 그런 말은 단 한 번도 하지 않았었다. 나는 그런 엄마를 보고 자랐다.

　엄마는 일하는 틈틈이 책을 읽었고, 가방에는 항상 책을 넣고 다니면서 버스에서든, 지하철에서든 자연스럽게 책을 꺼내 읽으셨다. 그런 모습을 보면서 자라서인지 내 가방에는 늘 책이 있었다. 자식은 부모를 보고 자란다. 나의 아이들도 나를 보고 자라겠지. '나의 태도가 아이들을 만들어나갈 텐데.' 애써 이불을 걷어차고 나온 아침 시간을 포기하는 모습을 보이고 싶지 않았다.

　끝까지 해내는 엄마.
　아침을 힘차게 여는 엄마.
　건강한 엄마.
　환경을 생각하는 엄마.
　그런 엄마로 기억되길 바라는 나의 플로깅은 오늘도 현재 진행형이다.

03
쓰레기가 돈이
될 수 있다는 사실

내가 간소한 삶을 살게 된 것은 '물건으로부터의 자유'가 아닐까 싶다.

미니멀 라이프.

불필요한 물건을 줄이면서 나를 되찾게 되었고, 내가 좋아하는 것, 꿈꾸었던 삶을 살아갈 수 있게 되었다. 불필요한 것들을 정리하면서 중고 거래도 해보고, 나눔도 해보았지만, 가장 큰 기쁨은 고물상에서의 경험이다.

아이들이 사용했던 트램펄린이 비바람에 부식되어 해체 작업을 했다. 큰 기둥을 해체하니 대부분 고철이었다. 고철을 모아 몇 년 만에 집 근처 고물상에 다녀왔다. 1kg당 250원을 계산해 6,000원을 받고 쓰레기를 버렸다. 모르고 버렸다면 쓰레기에 불과한데, 쓰레기도 돈이 될 수 있다는 사실을 알고 난 후부터는 버려지는 쓰레기가 새롭게 보였다.

물건을 살 때도 돈을 지불하지만, 버리는 것에도 돈을 지불한다는 사실을 모두 알고 있을까? 아파트 관리비에 쓰레기 처리 비용, 종량제 봉투를 구매하기 위한 비용까지 포함되어 있다는 것을 알고 있을까? 세금을 내면서 쓰레기를 처리하고 있다는 사실을 알고 있을까?

돈을 버리지 않기 위해 물건을 살 때 몇 번 더 고민하는 버릇이 생겼다. 대체용품이 없는지 찾아보는 습관도 생겨났고, 물건의 '마지막'을 생각하면서 구입하고, 가능한 쓰레기 흔적을 만들지 않기 위해 노력하고 있다. 고물상으로 향하던 낯선 발걸음이 소소한 기쁨으로 바뀌고 있다. 쓰레기가 돈이 되는 곳인 고물상을 이용하는 것도 좋은 방법이지만, 무엇보다 그전에 불필요한 물건을 사지 않는 것이 먼저인 것 같다.

04
아주 작은
습관의 힘

아침부터 서빈이가 옷이 작다며 투정을 부렸다.

서빈이가 겨울을 보낼 한철 옷은 레이스가 달린 빨간 티셔츠, 핑크 원피스, 검정 원피스 세 벌이다. 티셔츠는 입고 싶지 않다면서 투정을 부렸고, 원피스 두벌은 작다고 했다. 육안으로 봐도 작아 보여 옷을 사자고 얘기했지만, 검정 드레스는 작아져도 꼭 입겠다며 고집을 피우는 바람에 계속 입게 놔두었다. 그런데, 이제는 작다면서 계속 칭얼거렸다.

"모아둔 용돈이 별로 없어서 아직은 드레스 못 사요."

"그럼 옷이 없는데 어쩌지?"

작년부터 아이들에게 돈의 소중함을 알게 해주기 위해 필요한 것은 용돈을 모아 사게 하고 있다.

"유진아~ 언니 옷 살래?"

검정 원피스를 유심히 지켜보는 유진이에게 서빈이가 말을 건네며, "일단 입어봐"라고 얘기했다. 원피스를 입어 본 유진이의 얼굴이 좋아 보였다. 흥정이 시작되었다.

"언니야~ 얼만데?"
"이천 원"
"나 돈 많이 없는데... 잠시만, 지갑 들고 올게."
지갑을 들고 온 유진이는 백 원짜리 동전 세 개를 내밀었다.
"이것뿐이 없는데, 이걸로 언니 원피스 살 수 있어?"
"그래. 알았어. 삼백 원만 받을게."
"와~ 이쁘다."

유진이는 삼백 원으로 산 드레스를 입고 하루 종일 신나게 뛰어다녔다. 그리고 유진이의 작아진 옷도 한 벌 정리했다.
"어머니, 나한테 작아져서 못 입는 옷은 로운이 입으면 돼요."
"유진이가 옷을 깨끗하게 입어서 로운이가 조금 더 크면 입을 수 있겠네."
동생에게 옷을 물려준 유진이에게 백 원짜리 동전 두 개를 전해주었다. 옷을 깨끗하게 잘 입었다는 칭찬도 잊지 않았다.

옷을 물려 입는 일은 물건을 재사용하는 것만큼이나 자연스러운 일이라는 사실을 어릴 때부터 알려주고 있다. 자신의 옷을 신경 쓰고, 깨끗하게 입고 아끼면서 소중하게 다루는 것이 돈을 다루는 능력이라는 것을 가르쳐주고 있다.

물건에 휘둘리지 않고 시간과 자유를 얻는 방법은 생활 속의
아주 작은 습관을 통해 배울 수 있다.

검소함, 절약.
단순한 삶을 위한 가장 기본적 습관이다.

05
식탁에서
지키는 지구

고기 없는 밥상은 5대 영양소 중 단백질이 빠진 식단이라 생각했다. 고기를 먹어야 힘을 낼 수 있고, 아이들 성장에도 필요하다고 여겼다. 그런 생각으로 끼니때마다 고기를 넣은 국, 구운 고기, 고기 첨가된 소시지로 균형 잡힌 식단을 차리기 위해 애썼다. 편식 없이 잘 먹기를 희망했지만, 쓴 나물보다 고기 맛에 길들여져 있으니 나물 반찬을 해도 몇 젓가락 먹다가 저절로 고기반찬으로 손이 갔다. 골고루 먹으라고 소리도 지르고, 어르고 달랬지만 소용없었다. 밥상의 변화가 필요해보였다.

〈어쩌다, 채식 밥상〉
밥상에서 고기를 줄여보기로 했다. 현미로 지은 밥과 제철에 나는 식재료를 이용해 소박한 밥상을 차렸다.

"콩나물밥이나 무밥 또 해 주세요."
"고추 없어요? 된장에 찍어 먹으니깐 맛있네요."
"잡채에 고기 없어도 맛있네."

"카레에 채소만 넣어도 이렇게 맛있다니~"

채식을 시작한 이후 아이들과의 밥상 씨름이 사라졌다. 겨우 고기만 뺐을 뿐인데. 결국 밥상을 익숙한 풍경으로 만들고, 한 젓가락 입속으로 넣어볼 수 있도록 경험을 제공하고, 그 맛을 익숙하게 만드는 것이 중요하다는 것을 새삼 확인했다.

육류 생산 과정에서 발생하는 탄소 배출과 고기 소비가 계속 늘어나면서 숲이 파괴되고 토양과 물의 오염 문제까지 발생하고 있다. 하루 한 끼 채식 밥상의 실천은 인간과 자연, 인간과 생태계의 균형을 이루기 위한 방법으로 미래를 지탱하는 작은 버팀목이 되지 않을까 생각한다. 아이들의 건강을 챙기고, 지구를 지키는 일은 식탁 위의 작은 변화에서도 충분히 가능하다.

나는 아름다워질 때가지 걷기로 했다.

06
우리는
자연의 일부

2020년 여름. 어느 때보다 오랫동안 비가 계속 이어졌다. 아이들을 위해 준비해 놓은 수영장은 펼쳐보지도 못한 채 내년을 기약해야 했다. 텃밭에 심어놓은 오이는 봄에 꽃을 피우더니 긴 장마에 열매를 맺기 전에 곰팡이가 피고, 썩어버렸다. 오이뿐만 아니라, 가지, 옥수수, 텃밭 농사는 긴 장마로 손을 쓸 수 없는 상황이 되었다. 찬거리를 사러 갔다가 오이 서너 개를 담아놓은 가격에 놀라 몇 번이나 가격을 쳐다보았다. 작년에 비해 농산물 가격이 몰라보게 비싸졌다. 오이를 만지작거리다가 내려놓았다. 문득 궁금해졌다. 제철 오이 가격이 말도 안 되게 비싸면, 올해 농사가 잘 안된 걸까? 아니면 연일 떠들어대는 기후 위기로 인한 걸까?

예전에 도시에서 생활할 때는 가격이 비싸든, 그렇지 않든 상관하지 않고 장바구니에 담았다. 농산물 가격에는 신경도 쓰지 않았다. 그런데 시골에서 살다 보니 날씨와 환경들에 대해 관심이 높아졌다.

우리 집 도랑에는 개구리와 도롱뇽이 살고 있다. 집에서 사용한 물이 도랑으로 흘러가는 것을 보고 있으면 물에 사는 개구리와 도롱뇽이 걱정된다. 내가 버린 물을 마시고 행여 내일 아침 죽음을 맞이하게 되지는 않을까 염려된다.

나는 작은 벌레의 존재를 힘들어했던 사람이다. 하지만 지금은 텃밭에 사는 지렁이와 작은 벌레 덕분에 우리가 더 건강한 음식을 먹을 수 있다는 사실에 감사할 줄 아는 사람으로 바뀌었다. 도시를 벗어나니 새로운 것이 보이기 시작한다. 텃밭을 가꾸는 일, 작은 벌레와의 만남. 흙을 밟고 나무 아래 서성이는 시간이 많아지면서 배우고, 깨우치면서 살아가고 있다. 살충제와 농약 대신 몸을 움직이는 방식으로 더 건강한 음식, 더 건강한 삶을 만들어가고 있다. 자연과 함께 보내는 시간이 늘어나면서 작은 생명체에 대한 고마움도 함께 늘어나고 있다.

코로나로 인해 갈 곳을 잃은 사람들이 자연을 찾아 떠나는 것은 우리 역시 자연의 일부이기 때문이 아닐까? 자연이 선물해주는 평온함과 포근함이 우리의 뿌리이지 않을까?

지금까지 그래온 것처럼.
자연 속에서, 자연스럽게 살고 싶다.
자연 속에서, 행복의 뿌리를 내리며 살고 싶다.

나는 아름다워질 때가지 걷기로 했다.

고운 빛깔과 달콤한 향기에 취해 복숭아밭 사이를 걸으며 허리를 숙였다. 핑크빛으로 물든 복숭아밭 사이를 지날 때 작은 벌 한 마리가 날아왔다. 나의 어깨에 '툭' 하고 부딪히더니 이내 땅으로 떨어졌다. 가만히 눈을 크게 뜨고 벌을 바라보았다. 아이들이 손으로 잡아 밟히지 않도록 복숭아꽃 위에 올려다 주었다. 잠시 후, 날갯짓을 하며 하늘 높은 곳으로 올라가는 벌을 보며 우리는 안도의 한숨을 내쉬었다.

작은 벌레와 만나는 일이 서툰 나에게 숲과 바람, 나무와 꽃, 자연의 소중함을 알려준 네 아이들, 무거운 가장의 짐을 벗어 던지고 꿈을 찾아가는 남편과 함께 시간을 보내며 나 역시 '온전한 나'로 살아가고 있다.

매일 함께 보내는 시간을 통해 남편을 조금 더 이해하게 되었고, 아이들과 온전히 보내는 시간 속에서 아이들을 헤아려 주고, 기다려 줄 힘을 기를 수 있게 되었다. 가정 보육, 홈스쿨, 남편의 퇴사, 제주에서의 시간은 삶에 중요한 전환점이 될 만한 결정이었다. 그러면서 삶의 방향을 잃지 않았던 것은 자연과 가까이 지낸 덕분이라고 생각한다. 푸른 바다, 수많은 오름을 오르며 느꼈던 감동은 여전히 생생하다. 겨울날의 바다와 갈매기 울음소리, 구름과 오름을 오르내리며 거닐던 감동도 고스란히 기억 속에 남아있다.

무엇인가를 할 수 있다는 것은 아직 기회가 남아있다는 의미이다. 날갯짓하는 벌의 수고 덕분에 복숭아꽃이 피고, 그 덕분에 우리가 달콤한 복숭아를 먹을 수 있다는 것을 알고 있다면, 쓰레기 줍기에 어떤 의미를 부여할 것인지는 어렵지 않을 것 같다. 아직 우리에겐 기회가 남아있다.

나는 아름다워질 때까지 걷기로 했다

- 지구를 지키는 사 남매와 오색달팽이의 플로깅 이야기

초판 1쇄 ㅣ 2021년 6월 7일
초판 2쇄 ㅣ 2022년 4월 25일

지 은 이 ㅣ 이자경

발 행 인 ㅣ 김수영
편집 · 디자인 ㅣ 부카
발 행 처 ㅣ 담다
출판등록 ㅣ 제25100-2018-2호
주   소 ㅣ 대구광역시 달서구 조암로 38 2층
문   의 ㅣ 070-7520-2645
메   일 ㅣ damdanuri@naver.com

ⓒ 이자경. 2021
ISBN 979-11-89784-11-9 [03810]